fujieda shizuo
藤枝静男

講談社文芸文庫

目次

愛国者たち

愛国者たち

大津事件とは、明治二十四年五月十一日（一八九一）来遊中のロシヤ皇太子ニコラス当年二十二歳が、滋賀県大津京町筋を通過中に沿道警備の巡査津田三蔵当年三十七歳に切りつけられて負傷した事件で、場所がら湖南事件と呼ぶ人もある。ニコラスはこの二十六年後にレーニン政権によって銃殺された最後の皇帝ニコラス二世である。当時の写真を見ても薄い口髭をはやした気の弱そうな面長の美青年であるし、後には皇后の尻にしかれラスプーチンに迷わされて成すこともなく殺されてしまったわけで、哀れな人である。

この事件をめぐって愛国者の名を後世に残したものは、下手人の三蔵と、責任者の明治天皇と、ロシヤの怒りを解こうとして自殺した畠山勇子と、裁判を指導して勝利をおさめた大審院長児島惟謙の四人である。

津田三蔵は当日の午後一時五十分、道幅六メートル足らずのせまい大津京町筋の両側の溝板のうえに並んで奉迎している群衆の方を向き、津田岩次郎宅前に立って警戒していたが、ニコラスの俥が自分の眼前に差しかかると向き返って敬礼し、その手を下ろしざまサーベルを引き抜くと同時に踏み出して、相手の頭を後ろから前へ、斜めに山高帽の上から斬り下げた。頭皮が後頭部から右顳顬にかけて約九センチメートル切り開かれ、長さ七ミリ幅一ミリの骨片が灰色の帽子といっしょに飛んだ。続いて二太刀めが少し下の頭皮を同じく後ろから前横へ約七センチメートル骨膜まで斬り裂いた。ニコラスが両手で頭をおさえ「猿が啼きでもしたような」叫声をあげつつ俥を飛び下りて逃げる後ろを三蔵が二、三歩追いかけると、右側の後押しをしていた車夫の和田が横から脇腹をちょっと突いたが、睨まれてすくんだ。すぐ後ろに続いていた同行の従弟ゲオルギス親王が俥から飛び下りて、土産物屋で買って持っていた竹鞭で頭を後ろから連打した。そして三蔵がひるんで立ち止まった瞬間、左の後押しをしていた力自慢の向畑治三郎が両脚をさらったので三蔵はサーベルを落として俯伏せに倒れた。ゲオルギスの後押し北賀市市太郎が抜身を拾って彼の後頭部を横に十二センチ背中を斜に六センチ叩きつけるように二太刀斬り、それから起きあがろうとするところを西岡和田向畑三人の車夫が一度に乗りかかって捩じ伏せ、駈けつけた江木田中の両巡査がぐるぐる巻きに縄をかけた。

ニコラスは道の左側の呉服商永井長助の軒下にぼんやり立っていたが、案内役の威仁親王が走ってきて店の框に掛けさせ、ハンケチを出して傷口を圧さえようとするとニコラスが引ったくった。そして自分で首筋を拭きはじめたが血はいくらでも出てきた。威仁が手をつかねて立っていると弱々しく顔をあげて「エト・ニチェヴォ（何でもありません）」と慰めるように呟いた。

奉迎の紋服姿のまま連れてこられた町医の塚本は、ただ店の棚から引っぱり出した白木綿を手桶の水に浸たして傷口を洗うだけだから、ニコラスのあらい格子縞の背広の襟から背が血水で汚れるばかりで果てしがなかった。約二十分して大津病院長の野並が来て応急手当と繃帯を終え、主人が「奥に床をとりました」と勧めたが「すぐ県庁へ戻る」と云って俥に深く幌を下ろしたまま供奉の人々に後ろを押されてそろそろと呉服屋を離れた。

三蔵を逮捕した江木巡査は血まみれの負傷者をかかえ、どこへ連行していいのかわからないので已むなく近くの自分の家につれて行って寝かせ、医者を呼んで手当をしてもらったが出血は一向に止まらない。枕元に坐って空しく番をしている他なかった。

ニコラスを迎えた県庁では急いで廊下にズックのマットを敷きつめ、草履ばきか裸足のほかは通行を禁じて苛々しながら上級医師の来るのを待っていた。急電を受けとった神戸病院長を乗せた臨時急行が京都駅構内にさしかかると、反対方向から客を満載した神戸行き二四号が動きだしてきた。これが本線に入ると単線だから正面衝突である。その瞬間、駅の電信係りが頼信紙をふりかざして満員列車にむかって「至急、至急」と叫びながらプラットホームを駈けてきた。駅員斎木が受けとって見ると「列車は全部停止せよ」とあったので、彼は電文を助役に投げつけて弾丸のような勢で列車の後尾に飛びつき、機関手に非常信号を伝えてくいとめたのであった。

このようにして集められた京都大阪神戸の各病院長が県庁に伺候して太子に繃帯の巻き替えと創口の縫合を願い出るとにべもなく拒絶された。そして一方ニコラスは傷の痛みを訴えて少しも早く京都の常盤旅館の自室に帰りたいと云い張るので、供奉の一同はまたも昼なお深夜のように静まりかえった県庁を出て、ただ黙々と俥に従って馬場駅に向かったのである。道の両側は着剣した衛戍第九聯隊の兵で護られ、駅近傍の丘は散兵線によって警戒された。そして京都七条駅から旅館までは急遽出動を命ぜられた二百数十名の軍隊で護衛されていた。

ニコラスは午後五時三十分常盤旅館に着き、十時ごろお抱え医師の手で傷を四針縫合され、それから牛肉を二枚食いスープを一杯飲んで午前二時ころ眠りに入った。

――三蔵はこの間に膳所監獄の拘置監附属病監の第二室に移された。室内には医師一人、看護人二人、外に看守一名が立って見張り、隣室には看守長一名、予備医師一名、看守一名が詰め、三蔵はここで八時から翌日午前一時まで予審判事一名と検事二名の訊問をうけた。その後は、傷の痛みで俯伏せに寝たままときどき呻きつづけていた。

三蔵は安政元年十二月二十九日（一八五四）、ペルリが浦賀に、プチャーチンが長崎に来航して開国を迫った翌年の暮に、江戸下谷柳原の藤堂屋敷内に生まれた。しかし藤堂家の藩医であった父長庵が撃剣自慢の大酒飲みで同僚を傷つけて生涯蟄居を云いわたされたために、七歳のとき故郷の三重県伊賀国阿拝郡上野町大字徳居町五一番に帰った。そして兄貫一が大酒飲みで身持ちが悪いという理由で放逐されたので二十一歳で家を継ぎ、二十九で晩い結婚をし、この時は六歳と三歳の女男の子供があったのである。兄貫一は凶変の翌月に愛知県宝飯郡で行き倒れになって死んだ。

三蔵の酒量は晩酌二合であったが飲ませればいくらでも飲んだ。彼は中肉中背骨太のガッシリした体格で、頭髪は厚く密生し、額は所謂富士額でせまく、眼は切れ長の一重瞼で、耳が両側に大きくべったりと寝てついていた。音調は低く、性格に少し頑固なところがあって、郷里での巡査時代には、葦沢という上等巡査の態度が下僚に対して不公平であるという理由で仲間をかたらって乱暴を加え、そのため一時職を失ったことがあった。滋賀県の駐在所に奉職していたときは、村民と交際すると職務を汚す怖れがあると云って妻には隣り三軒のほか往来することを禁じていたから、小心臆病なところもあったかも知れない。しかし外見的には誰に対しても言葉が叮嚀で柔く、また月給七円のときから二円ずつを母に仕送り、そのうえに節約して凶行時には合計四十円余りを残していたという孝行な貯蓄家でもあった。撃剣が強く、他方では書、とくに山陽流の丹念な細字を巧みに書いた。

三蔵は明治三年上京し、明治五年三月十八歳のとき軍人となって衰えた家名を興すために東京鎮台第六番大隊に入営したが、まもなく名古屋鎮台に移り、続いて直ぐに金沢分営に転じた。翌年三月歩兵少佐乃木希典の指揮下に入って、当時全国に頻発していた地租引上げを不満とする農民一揆と結びついた門徒の反政府暴動つまり越後の大野騒動の鎮圧に加わり、八年には早くも陸軍伍長に任ぜられ、続いて二ヵ年間一人口という名誉ある恩賞にあずかって、放蕩無頼の兄を放逐した傷心の母と自分自身の前途に光明を点じたのであった。明治十年二月には越中礪波郡の小作争議に出動し、ひと月後には大阪に赴いて西南戦争鎮圧の別働隊第一旅団に編入されて豪雨のなかを西郷軍背後の肥後日奈久に上陸し、大野山に迎え討つ賊徒と戦って勝利をおさめた。このとき左手に銃創を負って一時長崎の臨時病院に収容された。功によって菓子料酒料合計五円五十銭を下賜され、傷がなおると鹿児島本隊に復帰して大隊書記となり八月には軍曹に進級した。この間に日向大隅薩摩と転戦し、金沢に帰ったのは十月、細字の特技をみこまれて聯隊書記に進んで勲七等に叙せられたのは翌十一年十月であった。

職業軍人としての彼の道は無限に開けて彼の前に存在するように見えた。彼は六鎮台がはじめて設置され徴兵令が発布される一年前に入隊した歴戦の兵士であり、従って国軍底辺の基礎を固めている不可欠の畳み石のようなものと思われた。しかし実際には、彼は明治十五年一月、曹長にも昇進することなしに後備役に編入されて十年間の軍服生活に別れを告げねばならなかったのである。それが伊賀のような小藩出身者の運命であり、藩閥政府にひきを持たぬ士族の常に味わわねばならぬ挫折であることを、彼は身をもって経験したのである。

彼がくりかえし出動し討伐した農民も西郷軍兵士も、官吏と地主の結託——制令の一方的押しつけ——中央政府の腐敗に反抗して蜂起し潰されて行った。一方に自由民権運動の波頭が高まりつつあり、しかも彼は軍隊というそれと対立する側に身を置いてきたのであった。

職場を放り出された今、彼の脳裡にそれらの一切が後悔と後ろめたさの念として蘇り、政府への怒りに方向を転ずるように思われた。彼は政府への反感という点に於いて民権運動に快感を覚え、一方新政府の手によって没落し不遇に沈んだ士族として民権思想とは正反対の士族復権運動に似た西郷の反乱に対しても心を惹かれるのであった。

郷里に帰った三蔵は、一家の活計を支えるためと、そしてやはりなにがしかの出世の夢を託して上野署の巡査を奉職した。しかしその狭い土地の狭い世界を支配しているものは、軍隊と変ることのない階級関係と不公平と阿諛であった。わずか二ヵ月で、これという理由もないままに彼は辞職してしまった。

辞職後半年ほどすると彼は同じ町の士族岡本静馬の妹と結婚し、同時に岡本の口聞きで元の職場に戻った。比較的平和な家庭生活が続いて彼は得意の撃剣に熱中するようにみえたが、やがて沈欝な状態に陥って読書と書きものに夜をふかす日が訪れ、二年たらずで上級巡査に暴力を加えて失業してしまった。

彼はしかし、その月のうちに歩兵大尉である同藩の士族西島の保証を得て今度は郷里を離れた滋賀県の巡査に採用された。二度でも三度でも、やはり彼のような男の就き得る職業は巡査のほかにないのであった。

彼は妻子を連れて水口に行き、二年後には速水、それから一年後には守山と、明治二十四年のその日まで転々と配属を変えて移動していたのである。彼はますます人づき合いが悪くなり、孤立し、開かれた世界からとり残された薄暗い穴のような片田舎の駐在に追いやられ、そういうところでさえも周囲との交通を自ら禁じて暮らした。むしろその境遇が国事を憂えて一人勉学し慷慨する自由を彼に与えたとも云える。

彼が政府の政策や民権運動を理解し批判することができたというのではない。彼は持ちまえの頑固と独断であれもこれも知ろうと力め、また思いつめて行ったのである。東京を遠く離れて語る友もない彼にとって、時勢は売国的高官政商貴婦人が外人に媚びへつらう鹿鳴館の馬鹿騒ぎであり、貴婦人のローマ字会であり、女学生の堕落醜聞であった。政府への不満は民権論者の政府顚覆運動への共感に直結し、民権思想は彼の内部で奇妙にも国権拡張思想と共存し、そして福沢の文明論は不思議にも捩れ歪んで排外思想に連結していた。「かの薄弱なる独立を移して動かす可らざるの基礎に置、外国と鋒を争て毫も譲ることなく」という件りに来ると、文意はひと曲りして彼を対外危機感に誘いこむのであった。

毎日毎日、彼は夕食が終わると部屋に閉じこもって読書に励んだ。新聞の論説や、どこからか借り出してきた薄っぺらな本の要所要所を、ほとんど手当たり次第に自慢の細字で筆写して倦むことがなかった。妻キヲが心配しても意に介しなかった。かえって子供の啼き声が邪魔だと云って叱りつけることがあった。「三尺の孺童も皆切歯してその骨を嚙みその肉を食わんと欲するところなり。ああ我国は実に累卵の危きに迫ると謂うべし」と云うのが口癖で、晩酌をやりながら度々キヲに朗唱して聞かせた。謹直な彼がそのため職務を怠けたというのではない。六年の駐在勤めのあいだに彼は勉励賞三回、犯人逮捕賞一回、また処罰一回を受けているのである。処罰の理由が何であったかは不明である。

いずれにせよ、このころから彼の関心は次第に外交問題に凝集しはじめていた。彼が本署の同僚と雑談するおりにのぼせる得意の話題はマリア・ルイズ号事件であった。支那苦力を乗せたペルーの奴隷船をとっておさえて一歩も引かなかった外務大臣副島種臣は彼の偶像であるように見えた。樺太千島交換は実は強大国ロシヤの威嚇に屈した国辱的割譲に過ぎないというのが彼の主張であった。

「人あるいは云う。今日の東洋に於ける魯国恐るべきものにあらず、之を恐るるは買かぶりたるものなりと。或は然らん。然れども朝鮮をして魯国の有たらしむるの日は、即ち恐るるに足らざる魯国をして猛然として恐るべき国たらしむるものにあらずや。今日はもはや曖昧模稜の間に日を送るの時にあらず。断々乎としてなすべきの日なり。苟も一日を後れ一月を後る、危機一髪またなすべからざるに至らん。吾人は大日本を守護する正当防衛の一点より魯国をして力を朝鮮に得せしむるの大失策たるを信ずるものなり」

「国民之友」に掲載されたこの激しい論文は彼の日頃の信念に自信を与えた。

「西にイギリス北にロシヤ、油断するなよ国の人、表に結ぶ条約も、心の底は測られず、万国公法ありとても、いざ事あらば腕力の、強弱肉を争うは、覚悟のまえのことなるぞ」

小学児童の歌いはやす唱歌を彼は憂国の情で唇にのせた。

公判廷での「露国はさきに我北海の樺太を蚕食いたしました。私はかのこと以来露国に対して不快の念を抱いておりました。然るに今般露国皇太子わが国漫遊を名として来航あるや、密かにその心情を察しまするにわが国の地理を明にし他日また蚕食せんの野心のためである、真に憎むべしと考えなして愛国の衷情溢れ、一刀を太子の頭に加え心胆を寒からしめんと企て」という彼の陳述はこの間の事情を説明している。

三蔵は、ニコラス来遊警備のため管内郡部警察署から召集された八十一名のなかに入ったとき、それまで遠く観念の彼方にあったものが遽かに現実の形を備えて自分に近づいてきたことを知って昂奮したにちがいない。ただこのとき直ちに襲撃を決意したかどうかはわからない。凶行十日前の五月一日二日と長女を連れて帰省するまえ妻に向かって「御警衛の応援人数に加えられたのは、旅費を給与しておれの平生の精勤に酬いてくれるのだ」

と得意気に語ったのだから、この時にはまだその気はなかったのである。しかし公判での川田検事が弁論で「予審調査によれば当日記念碑の前で決意したとあります」と云ってそれをそのまま肯定しているのもまた疑わしい。当日というのは凶行当日、記念碑というのはニコラス遊覧の道筋にあたる三井寺展望台の明治天皇行幸記念碑のことである。——三蔵は帰省のおり妹婿の町井義純にむかって「ロシヤが東方を狙っていることは既に久しい」と云い「今度の来日も、最終の目的はウラジオに上って兵を東方に運ぶために敷設されるシベリヤ横断鉄道のうちウスリー第一区の起工式に臨むことにあるのだから単なる遊覧ではない。わが国の地理を探偵するためである。日ロ親善のためならまず上京して陛下に拝謁してから各地を廻ればいい。長崎鹿児島などに寄って日を過ごすなどとは無礼である。第一わが国を侮っている」と云って憤慨した。その後ニコラスが長崎で芸者を買ったとか、前々日の夜には祇園の中村楼に登楼して遊んだとかいう情報を耳にして怒りを増したりしていたのだから、彼の凶行の覚悟はそんなに衝動的なものでなくて、平生国を危くすると信じ続けていた敵が急に現実の姿で手の届くところにあらわれようとしていることをはじめて知った召集命令後の数日間のことであろう。彼のニコラスに対する悪意はこういう刺戟の強い噂さ話にうながされて動きはじめ、やがて加速度的に殺害の決意にまで高まって行ったと見るべきであろう。

五月十一日午前九時ニコラスの一行は俥を列ねて県境の追分につくられたアーチをくぐ

って京都から滋賀県に入った。すでに決心をかためていた三蔵は江木班長に率いられて十七人の班員とともにまず三井寺の御幸山記念碑の近くに詰めて皇太子を送迎したのち、十時一行が船で唐崎に向かうと大津の町に降りて浜通りの第二次警備につき、十一時半一行が大湖汽船会社桟橋に上陸して三十輛あまりの俥を連ねて午食のため県庁に向かうのを大津小学校西手の道端に立って見送った。そして次の第三次警備までの一時間余り町をぶらぶらしていたのである。

江木が「このあいだに弁当をつかえ。わしの家は十一番で近いから皆も寄ったらどうだ」と云ったが、三蔵は食欲がないので一人わかれて大橋埋立地の方へ歩いて行った。そして咽喉がしきりにかわくので三井銀行の前に出してあった接待用の水を飲んでまた歩き出し、湖を眺めたり町の飾りつけを眺めたりして時間までぶらついてから最後の受持区である京町筋大字下唐津に来た。

同僚の巡査はまだ着いていないのであっちこっち見まわしていると津田岩次郎宅の店先きに幔幕も国旗も出ていないことを発見し、女房を呼び出して二、三軒先きへ遊びに出ていた亭主を連れ戻らせ、自分も手伝って軒に提灯を下げてやった。夫婦が礼を述べると「咽喉がかわくから水を一杯くれ」と云い、女房がわざわざ作って来た砂糖湯をひと息に飲んでもう一杯所望したが、それでも足りなくて「冷や水の方がええ」と云って薄暗い台所まで入って行って水甕から椀でしゃくって五、六杯たて続けに飲んだ。亭主が「お身体にさわりましょう」と危ぶむと「いや、かまわん」と答えて表へ出た。そして「打ち水をしておけ」と命じ、白手袋をはめながらその軒下に立ったのである。

　膳所監獄の附属病監に収容された三蔵は、翌十二日から特選吏員四名と医師二名によって厳重に看病監視されることになったが、午前十一時ころから三蔵の顔が赤く緊張しはじめ、全く沈黙して午食を与えても薬を与えても拒み、ただときどき長大息するだけとなった。午後三時ごろ典獄が説諭したが一語も発せず、三浦判事と種野検事が第二回予審のため入室したが全く答えないので三十分で引きあげた。午後八時医師が診察して云い聞かせたのち水を与えたが手も触れず、続いて野並病院長が来たが依然沈黙を守っている。負傷の方は経過良好であった。

　翌十三日の朝、典獄が再び来て説諭を加え「望むことがあるなら腹蔵なくいえ」と云ったが三蔵が答えないので已むなく退出した。しかし暫くすると看護人に「典獄殿にお願いがある」と云ったので急いで入室すると「お願いすることは必ず聞き届けてくれるという約束がなければ申し上げられません」と念を押した。「職務上できる範囲ならどうとも考えてやる。まず望みごとを云いなさい」「いや、それではおぼつきません。確答して下さい」「とにかく事柄を先きに云いなさい」「いや」ということで押し問答のすえ典獄はまた出て行った。しかしこれがきっかけとなって三蔵は口をきくようになり、結局その日のうちに予審にも応ずることとなった。簡単な訊問が終わってから判事が「典獄に申し出た願いというのは何だったのだ」とたずねると、それは自殺用の刃物をくれということであったと答えた。

十四日には訊問のために凶器の佩剣を持って行って見せた。長さ約二尺、切先が三寸ばかり曲って刃こぼれがしていた。三蔵がそれをつくづく眺めたのち「私を切ったのは誰ですか」と聞いたので「車夫だ」と答えると「車夫づれに切られたとは残念です」と云った。

十八日、典獄が勲位剝奪の辞令を示すと「巡査をとられ、勲章をとられ、今度は首をとられる」と云った。

三蔵は五月二十七日無期徒刑の判決を受け、五月三十一日列車で神戸仮留監に移され、百十九名の囚人とともに和歌浦丸に乗って横浜を経て七月二日北海道釧路集治監に収容された。傷はもう全治していたが全身の衰弱がひどく、普通の労役には堪えないので藁細工仕事をあてがわれていた。九月二十七日朝、急に苦痛を訴えて人事不省に陥り三十日午前零時三十分息を引きとった。医員は病名を肺炎としたが実は政府の命による毒殺だという噂さも流れた。墓は伊賀上野市寺町の大超寺にある。まわりにある津田家の他の墓はみな立派であるが、重罪人の彼は高さ三十九センチしかない墓石の下に、行倒れて死んだ兄貫一といっしょに眠っている。碑面も荒れて二行の文字は判読できないが、戒名は貫一が学法貫一居士、三蔵が慈観道本居士である。過去帳に貫一の没年四十歳とあるのは四十五歳の間違い、三蔵三十歳とあるのは三十七歳の間違いである。

畠山勇子は、ヘルンとモラエスの筆により日本女性の鑑として外国に紹介された女である。

勇子当時二十七歳は凶変勃発の九日後、ニコラスが神戸から帰国の途についた翌日、五月二十日の午後七時すぎ京都府庁の前で俥を降りた。門が閉じられているので門衛のところに行って白紙に包んだ一通の書面を差し出したけれども、取次ぎを断られた。彼女は引っ返して門前の石橋の上に立ってちょっと思案したのち車夫を呼んで料金をやり酒手を与えようとしたが銅銭が僅かしかない。五円だけは自分の死体の跡始末をしてもらう費用に残しておかねばならぬと思ったのでそれを除き、この小型の革の蟇口に持っていた毛繻子の洋傘を添えて訝かる車夫の手に渡した。そして門の西側のところに佇んで、俥が遠ざかり夕暮れのなかに没するのを見送ってからなおしばらく待っていた。

やがて三十分ほどして薄闇がせまり人影が絶えたことを見定めると、彼女は風呂敷包みから白布を出して土のうえに敷いて正坐し、細帯を解いて両膝を縛り、遺書十通を膝の前に並べ、前日床屋で研がせて白紙にくるんできた剃刀をとりあげて先ず腹部心下、胃の上部を左から右へ横に表皮六センチメートル切った。それから左顎下のあたりから深く咽喉もとまで口径八センチメートル抉るように頸動脈から気管まで切ったので血が噴出した。

鮮血にまみれて苦悶の声をあげる勇子を通りかかった電信配達夫が発見してすぐ門衛に告げ、正門を入った東側の警察本部に走って巡査を呼んだ。「苦しいか」と聞くとうなずき、誰かが「気違いか」と云うと首を左右に振った。どういうわけか頻りに手をあげて上の方を指さして見せた。じき医者が駈けつけたが引き起こすとそのまま後ろに倒れて息が絶えた。

勇子は慶応元年十二月（一八六五）安房国長狭郡鴨川町字横渚七四三で畠山治平とせんの長女として生まれた。畠山家は近郷きっての豪家で通称「山下」と呼ばれ治平の代がその最盛期であった。総領が女であれば男子があっても聟をとって家を継ぐというのが土地の習慣であったから治平は聟である。せんの弟六兵衛は、だからやはり聟に出て榎本家を継いでいた。治平は義弟六兵衛と組んで千二百石積み八百石積みの大船二艘を動かし、麻網の売買、締粕や干鰯の製造、地引網の網元を営み、塩や藍を関西から取寄せたり仙台方面と取引きをしたり、他方では今の鴨川港の基礎となった防波堤を築いたりして産を増した。しかし醬油に手を出して醸造場が完成しようとする間際に三十四歳で死んだ。勇子は九歳、弟文次郎は五歳で、せんはこの二人をかかえて急激に傾いて行く家を守ろうとしたのである。

勇子は翌年十歳のとき鴨川町神蔵寺内の前原小学校に入学し首席で卒業した。この間にあわせて住職藤倉に漢学習字を、諏訪神社の神官堀江に漢学を教えられた。記憶力が抜群で名文章句などを暗記したり、釈迦八相倭文庫とか八犬伝などを家族に読んで聞かせたりした。日記をつけ、和歌随筆みたいなものを自分でよく綴った。祖母と母から裁縫とか礼儀作法を厳しく仕込まれたが、弟に対しても非常に厳格で、学校から帰ると「復読、復読」と追いまわし、それがすまないと決して外に出さなかった。彼女の頭には五代続けて聟をとって畠山家を支配してきた家附娘の祖母と母の誇りのようなものが植えつけられ、そして心は自分が弟を督励しその後を継いで家運を挽回すべき人間だという自覚によって固く縛られていたのである。

しかしこの痩我慢は、一家がたちまちに零落して家屋敷は他人手にわたり、聟の来てもなしに勇子が年頃を迎えると崩れざるを得なかった。彼女は弟の不勉強に地団駄を踏み、しばしば「ああ、わたしが小学先生だったらなあ」と口走ることがあった。自分にはそれだけの学力があるという、あてのない自信もあった。しかしただ悧巧だというだけで資格があるわけでもなく年端もゆかぬ彼女が寺小屋の師匠あがりや士族の次三男の仲間入りのできるはずはなかった。またそれよりも何よりも、仮りに最下位の授業生補のそのまた下の助教となれたとしても月給七十五銭では貧家を支える一本の腕とはなり得なかったのである。勇子は二十一歳で近村の物持ちの旧家に嫁いだ。けれども結婚生活は二年しか続かなかった。内容は不明だが「ある家事上のこと――婚家と実家との経済上のことで勇子が諫言をした」という理由で彼女は離縁されて実家に戻り「もう結婚する意志はない」と母に告げ、しばらくすると上京して叔父六兵衛のところに厄介になっていた後、伝手を求めて伯爵万里小路通房の家の下女となったのである。

彼女は事件までの四年たらずの間に、万里小路家から高輪の正金銀行頭取の原六郎の邸に移り更に日本橋室町の魚問屋白鳥武兵衛方のお針となるなど、三軒の家を渡り歩いている。小肥りの健康体で、口数はいたって少なかったが言葉つきはごく叮嚀で気品があり、いつも黙ってにこにこしていて云い争いなどは絶対にせず、人づきあいもよかったのであるが（或はそれ故に）下女朋輩とは肌が合わなかったのである。

朝晩かならず神棚に礼拝し、自分の鏡の縁には細字でぐるりと天照皇太神宮と書きつらね、裏板には「日々日々に清めて鏡にうつし見よ　貞操邪正そのみえにあり」という和歌を記して同僚に自作であると披露したり、針箱の蓋や手製の文庫の裏側などにも修養的な自作の和歌を手当り次第に書き記したりしていた。そして毎日の日記感想は怠ることなくつけた。

彼女は東京の欝勃たる文明開化の空気に触れ、師範学校女子部、華族学校、跡見学校、共立女子職業学校というような名を聞くごとに、それが同じ東京の空気のなかに存在することを不思議のようにも、また奇妙なことに誇りのようにも感じた。主家の納戸の片隅で見つけてきた「女学雑誌」から「教育に男女の差あるべからず」などという文を拾って手帳に写しとったりした。ある日の使いの途上で九段坂の上にそびえたった明治女学校の校舎を眺めたときの昂奮を「宏壮輪奐空に聳え巍々として輝くさま」などと日記にしるしたこともあった。そこでは彼女の一字も解することのできない英語が女にさずけられている、西洋では男と女は対等にあつかわれている、女博士さえいるというではないか。彼女は自分の破婚をそこに結びつけないではいられない。齢の過ぎたことが悔まれてならぬ。貧もつらい。

彼女はいつも懐中にしのばせ、夜は枕の下に敷いて寝たこの手帳日記の表紙裏に「人にして誰か不幸なからむや。一朝不幸に陥らば勇気を呼び起して忍耐せざるべからず。忍耐せば何ぞ再び幸福繁栄に復するの機なからむや」と誌した。崩壊した自分の家と、同じように急激な事業不振に襲われて苦慮しつつ甲斐のない奮闘を繰り返している叔父六兵衛の姿が彼女の念頭を離れない。それを挽回する責任が自分の肩にかかっているように感じ、その力を養おうと努力する硬さと焦りが、彼女を孤立させ、婚家をも主家をも飛び出させるのである。

勇子は暇さえあれば貸本屋から国史や政治小説を借り出してきて読みふけっていた。同僚の女たちが絵入新聞に掲載される芝居花柳界の噂話や人情小説を面白がっても一向に手を触れず、自分は主家から中正日報とか日本新聞とかいうような硬派の新聞を借りてきて、その傍で熱読した。たまに朋輩から寄席に誘われても柔かに断り、彼女等が色っぽい相談ごとを持ちこむとあっさり受け流して、話を政治の方に向けてしまうので、陰ではいつも変人として後ろ指をさされていた。

しかし勇子の思想は、上京して広い世間に接し、沸騰しつつ変転して行く社会の流れにじかに触れ、新聞や小説によって視野が広まるにつれて急に変化していたのである。幼い頭に植えつけられた拝神崇仏立身の固定観念と併存して、政治や教育のありかたに対する不満が彼女を突き動かし始める。「現代日本の女流は惨酷な待遇を受けています。妾はこの不幸な姉妹を救いたいと思います。そのためには如何にしても法律を学ばなければなりません」というのが彼女の口癖であった。

そして勇子は大津事件の逐一をも、これらの新聞をとおして、魚問屋白鳥宅のお針部屋で読み知ったのである。

凶報が伝わると同時に、全国の小学校は二日間の臨時休校となり、各府県の神社仏閣ではニコラス平癒の祈願が行われ、歌舞音曲は停止されて花柳界は自粛休業となった。各省各議院をはじめ各種団体会社クラブなどの有志はこぞって総代を京都へ送って皇太子を見舞った。山形県最上郡金上村にいたっては早くも十三日に緊急村会を召集して「第一条本村住民ハ津田ノ姓ヲ付スルヲ得ス。第二条　本村住民ハ三蔵ノ名ヲ命名スルヲ得ス」という村条例を可決成立せしめたのであった。三蔵の家族は十九日町内退去を命ぜられて放逐された。

威仁親王からの急電を受けた明治天皇は、震駭してすぐに北白川宮能久親王を名代として京都にたてた。親王が急いで新橋駅に着くと慌てた汽車はもう動き出していたので呼びもどして出発した。午後四時四十五分であった。九時には西郷内務青木外務の両大臣が橋本軍医総監と御雇医師スクリッパを連れて臨時列車で新橋を出た。その夜天皇は総理大臣松方を呼んで「亟カニ暴行者ヲ処罰シ善隣ノ交誼ヲ毀傷スルコトナク以テ朕カ意ヲ休セシメヨ」という勅語を下した。狼狽した西郷は汽車のなかで「きっと戦争になる」と繰返し呟いた。

箱根塔の沢の静養地先きで晩飯を食っていた元老伊藤博文は、岩倉から「至急の使命を帯びて小田原まで出向く」という電報を受けとって不審に思っていると、続いて「露国皇太子殿下本日午後大津御出達の途中路傍配置の巡査一名白刃を以て殿下の横額へ切りつけたり犯人はその場にて縛につけり傷は横」という松方総理大臣からの電文が届けられた。彼は箸を投げ出して人力車に乗り、小田原で岩倉具視に合して国府津まで走り、終列車で午前一時に新橋に着いて直ちにうち連れて天皇の寝所へ入った。天皇は床の上に半身を起こし沈痛な表情で坐っていたが、二人の入ってくるのをチラと見て「すぐたつよう申しつけてある」と云ったきりでほとんど口を利かなかった。二人が残留している大臣達と協議しますと云って退出すると、天皇はそのまま起きて三時間後に宮城を出て十二日午前六時半の列車で京都に向かった。

伊藤は天皇を新橋に見送ると松方の永田町官邸に寄って、山県、黒田、井上の各元老に山田、後藤、陸奥の各大臣をまじえて善後策を講じた。山田司法大臣が「裁判官には、皇室罪で罰するか通常謀殺罪で罰するかの両説があります」と云うと、伊藤は声をはげまして「今回のことは重大でどういうことになるか見通しがむつかしいから重い方を採らねばならない。万一異説が百出して処刑が困難となった場合は戒厳令を公布するがいい。国家の危険を防御するためには非常の処置も已むを得ない」と云った。異論は出なかった。そのとき陸奥が遠慮がちに「しかし刑法にてらすと無期徒刑ですが」と云ったが井上馨に一喝されて黙ってしまった。

協議が終わって伊藤が帝国ホテルに引返して京都行きの準備をしているところへ陸奥が訪ねてきて「あの後で裁判官を呼び出して意見を述べさせてみたところ異論が多いようです。出発をすこし延期してもらえませんか」と云った。伊藤が延ばすことはできぬと答えるといったん去ったが、また後藤を同道してやってきて「裁判の件が難しければ刺客に金をやって先ずもって三蔵を殺し、その後で病死したと発表すればいいでしょう。ロシヤでもこういうやり方をしているではないですか」と進言した。伊藤は「馬鹿を云うな」としりぞけた。そして十一時の汽車に乗って品川を出発した。

大津では凶変の混乱で、通りがかりの巡査まで兵隊に捕えられて帯剣をとりあげられ演武場に放りこまれた。ニコラスが京都に去った後へは名古屋師団の憲兵まで駆り出されてうろついていた。彼等は頭を坊主にしたり髭を剃り落としたりして変装し、巡査の挙動を探った。巡査の方も警戒の命を受けて和服姿に変装し、目じるしの手帳をぶら下げて停車場のあたりをぶらついたが、憲兵はまたそれを目あてにして後をつけまわすのであった。

十六日には官報号外によって、新聞雑誌に記載される外交上の文書はすべて検閲するという緊急勅令が発布された。

「如何に狂気とは云へ、実に言語道断の次第にて、上は恐れ多くも九重の御内を驚かし奉り、下は吾々同胞兄弟をして日本の体面に一大汚点を印せしめたるを憤らしむ。之を何とか云ふべきか、憤るにも語なく、責むるにも辞なし。唯吾々は此の外国の貴賓に対し『恐悚』の二字を呈すると共に、彼の朝廷にて此大変は全く彼狂人の所為たることを諒せられ、本件の為に（よもやある間敷と信ずれども尚）両国交際上に一点の虧隙なからんことを祈るのみ」。危機憂国の情にうわずり、取り乱して文を成さぬような記事が連日の新聞をにぎわし、騒然とした東京の空を重苦しく圧していた。

勇子は新聞紙によって報道されるこれらすべての逐一を、充血したような顔でむさぼり読んだのであった。自分をひっくるめて日本全体がいま容易でない困難に遭遇していることを彼女は感じていた。女の細腕がそれをどう動かすこともできないという思いに絶望しながらも、彼女は無意識に自分のなすべき方途を探っていた。民権運動、人権はひとつだという自覚、彼女のなかでそれは日本の自主独立につながり、また奇妙にもそれは復活し統率する一人の天皇への希望と絶対的信頼に直結していた。勇子をとりまいているものは、そういう正も負もひっくるめて動揺し混乱しながら変貌し勃興して行く帝都東京の空気であった。無智な彼女を「行動」に向かって突きうながすのもまたそういう空気に他ならなかった。

勇子が自殺によって自分の意志を主張しようと何時決心したかはわからない。五月十八日の夜ではないか。

勇子は十六日に、ニコラスが日本遊覧を中止して帰国するかも知れないという記事を読んで、朋輩に「これで御帰国になってしまったらわが国の将来は危い」と云った。しかし同じ日に彼女は次のような、ひどくしゃれた韻文調の手紙を母にむかって書いているのである。

「八十八夜もいつしか過ぎ、霜は別れて霧となる、凝りたる雪も雨と解け、いとめでたしや見事やと、人目も草も喜ばせし、桜の花も時来れば――御母様には朝夕に、天は晴れても花曇り、又は春雨さみだれと、み心浮く日はなからめど、いつしか御気を安楽にと、思はぬ日とてはあらねども（中略）時節を待てば芽を出だし、いと美しく花も咲く、妾郎二人も（郎は弟を指す）さの如し、必ず時節を待つならば、花のかんばせ実を結び、必ず御身を安んずべし、夫までじつと待つてたべ、かう苦労するも、みんな時節のなすことで、不孝者と思ひ給ふなよ、必ず人に会ふとても、二人の子供捨てしなどと、決して云うてたまはるな、たとへ御身に捨てられても、離れ難きは親子の縁（下略）」

翌十七日の新聞はニコラスの旅行中止帰国の決定を報じた。その夜勇子は主人白鳥に暇をくれと云った。そして聞き入れられないので一晩考えて理由を作り、手廻りの品と着替え衣類をまとめ、夜に入って再び主人に頼みこんで止めるのを振り切るようにして下谷茅町の叔父榎本六兵衛を訪ねた。すでに没落に瀕していた六兵衛は、このころ再起の最後の望みを賭けて千葉茨城両県にまたがる利根川寄洲の水田払下げを政府に出願中であった。もう尾羽うち枯らして陋巷に逼塞していた。勇子が「今度の事件ではたった一人の無分別者のために天子様が京都まで出かけてお詫びしている。開闢以来ないことで勿体ない。天子様はどうか旅行を続けてもらいたいと勧め、皇太子様もそう思われているということなのに、本国の指図で帰国するという。これでは日本の将来は危い。叔父様はいろいろ事業上のことでえらいお役人にも識り合いが多いとのこと故、どうか御帰国を引き止める算段を考えて下さい」と掻きくどくと「なすべき限りは役人が手落ちなくやっているのだから、この上の手段はない」と云い「他所でそんなことを喋ったら狂人とまちがえられる。白鳥さんも心配しているだろうから早く日本橋に戻れ。しかし女の夜歩きはよくないから今夜はここに泊れ」と訓した。六兵衛の言はもっともである。しかし彼女は幼年から頭底に叩きこまれて勝手に空想してきた豪放な大事業家、勤皇運動に産を傾けた偉大な人物という叔父の像に失望し、部屋に下って考えたのち、武士の作法どおりの切腹をしてニコラスを引きとめようとしたのである。そして実際剃刀の第一撃は、表皮だけではあったが腹へ横一文字に加えたのである。
勇子は虐げられてきた女性の人権を恢復するためには、自分が法律家となってそれを主張しなければならぬという強い信念を抱いている。しかしそのための手掛りを得る望みはなかった。下婢という最低の身分を転々として二十七歳にまでなった女にそれがめぐまれるとは到底考えられなかったであろう。同じように、降って湧いた祖国の危機を回避する手段としてニコラスを引き止めることが第一になすべき努力だと信じても、自分の切ない思いを相手に届かせるには、女であり下婢であるという自分の二重に低い身分が絶望的であると覚っていたのである。だから府庁門前の自殺贖罪という衝撃を発条として政府或は皇太子を動かす以外に途はないと考えたであろう。死んでも駄目かも知れない。しかし駄目でも何でもやるしかない。
その夜勇子が書いた三通の遺書は次のようなものである。
「露国皇太子毫にても不便に思召され候はば是より御入京被為遊ゆるゆる御養生遊ばされ候はば小女国人の身に取り忝く奉存候　敬白
明治二十四年五月十八日　千葉県長狭郡前原鴨川町　畠山文次郎姉　勇子
露国御官吏様」
「毫」は「すこし」であろう。誤記もある。次に書いた遺書も気がせいていたらしく、文章の続き具合ばかりでなく文意が乱れて不明の個所が多いが、とにかく写してみる。懸命のもので哀れである。

「恐入候へ共失望の余り申残候此度露国皇太子御遊覧の途中御遭難に付驚愕悲歎幾多ならず小女時来り広き世界にて如何とも致し候希望なるに兇人の為負傷あらせられ痛恨悲憤此上に朝野に生けるもの骨をあらはし信実を尽す共狂漢の兄弟なりと信用は有るべからずと先を案じ此処に陥りしにて候本朝四千万人の中彼の狂漢をのぞくの外此度の変事誰一人も驚嘆せざるはなかるべしと思へり我日本皇帝より給はりし尊き命愚痴小心の為に失ひし事小女切望のみに不有日本帝国に住める者皆同意也皇帝の御心聊御察し日本国人の思ふ事小女に同じ故に日本帝国へ此心をあらはす為此度に至り候間御察し被下度候

明治廿四年五月十八日　慶応元年生　畠山勇子

内外の御方様」

日本とロシヤの国民に宛てたのである。

勇子は終わりに愛弟文次郎にあてて冒頭に自作の和歌を記した長い手紙を書いたが、その大意は左の通りであった。

「人はただ真直にさへするならば

折れず曲らず失せることなし

文次郎殿よ、同市中に居ながら面会もせず、またこんなことになつたが浮薄な姉と思うてくれるな。魯皇子の御出航の時間も迫つてゐるし、お前に相談すればきつと引き止められるから残り惜しいが已むを得ません。私の亡き後は私に代つて母様に孝行し、今度のことのために病など出さぬやう大切にして給はれよ。一人で思ひ立つたことゆゑ誰を恨むこともありません。文次郎殿よ、母様にあきらめるやう御取りなしを頼みます。胸せまりやうやう書きました」

「同市中」というのは当時文次郎は神田区鍛冶町に奉公していたからである。

十九日朝、勇子は荷物を持って榎本六兵衛の家を出、近くの床屋へ寄って剃刀を研いでもらった。それから浅草馬道の佐野屋という質屋へ行って六兵衛の通帳で衣類全部を入質して十円の金を作った。五円は旅費、五円は埋葬費である。そして俥を急がせて新橋停車場まで駈けつけたが、もう九時を廻っていたので列車に乗りおくれ、翌二十日の朝やっと目的の京都駅に着いたのである。

しかし彼女を京都に待っていたのは、ニコラスがすでに十九日の午後神戸を離れたという報と、天皇と大官連が二十一日には東京に戻るというしらせであったからいったんは力を落としたが、遺書を渡すべき当面の相手はなお眼前に止まっているのだから、今日中に死ねば自分の意志の半分くらいは伝えることができるであろうと心を定めた。府庁のあたりに人影のなくなるまで時を待てばよいのである。

勇子は七条駅に近い立て場で俥を雇って、ゆるゆると東西の本願寺、三十三間堂、大仏などと、名所をめぐったのち清水寺に参拝した。寺々を訪ね歩いたのは、それが名だたる名所であったせいでもあったが、また彼女の胸の奥に数時間ののちに入って行かねばならぬ死の国への怖れがうずくまり、浄土への希求がよどんでいたためでもあった。舞台の欄干に寄って見下ろす京の街と、遥かに青く連なる山々と、街を彩どる若葉とを、彼女は万感をこめて眺めた。故郷鴨川の町を覆って、夜な夜な枕を並べる祖母と母と彼女と幼い弟の寝床に響いてきた太平洋の波の音が、再び遠く彼女の耳に蘇ってくるように思われた。今こんな思いを抱いてここに立っているのは自分ひとりだけにちがいないと思った。

勇子は静かに欄干を離れ、もう一度蠟燭をあげ祈願をこめて歩を返した。門前の樹陰に俥をとめ蹴込みに腰を下ろして弁当をつかっていた車夫が慌てて立ちあがろうとするのを止めて、一時間ほど暇をやり、数軒先きの茶屋にあがって奥の一室を借りて昼食をとった。しかし僅かの量を口に入れただけであった。食欲がないせいでもあったが、切腹の際の見苦しい外見を避けようとするためでもあった。

勇子は己れの決意を確かめようとするかのように、膝元の風呂敷包みを解いて白紙にくるまれた三通の遺書を再びとり出して眺めていたが、ふと気づいて巻紙と硯とを取寄せ「皇太子が御出航まへに西京まで御願ひに参上したいと思つたが汽車に乗りおくれて落胆した。しかし気を取り直して魯国のため日本のためこの始末に及んだ。この上は小女の辛労を察して封じの書を御取上げ願ひたい（大意）」

「日本政府様　御取上を乞」と書いて、この紙片に十八日夜六兵衛方でしたためたロシヤ官吏宛ての短文を包んだ。すると急に、書き残しておかねばならぬ忘れごとが他にいくらでもあったような気に迫られ、彼女は次から次へと合計七通の遺書を書き続けるのであった。第一の手紙は「政府御中様」で
「小女の死が突然で親戚のものも驚ろくであらうし、何の仕度もしてゐないであらうから憚り乍ら書面で通知して欲しい。私の亡体は少しでも御なぐさみになるやうなら医学校に寄附して如何やうにでもして下さい。それから私の叔父榎本六兵衛が先きごろから政府に出願中の件があるので是非御許可願ひたい。私に祖母と母と弟があるが会はずに来たから落胆の余り病気など出さぬやう御通知下さい」

文次郎に向かっては続けざまに二通書いた。

「叔父様のところに行つたが夜更けになりお前に会ふこともしないで来てしまつた。母にも弟にも安心させることもできず済まない。お前は我身にはかつて家を昔の『山下』に戻してくれ。何事も心大意強胆に構へ、私になりかはつて名誉を現せよ。私を薄情者と思ふなよ、思ふなよ。私のことはもとからの愚者と思つて先立つ不孝を許してたもれ。これ弟よ」

「文次郎殿よ、私の荷物は白鳥様方にあるから御礼を云つて引取りなさい。箪笥の中身はあらかた出して残りは浴衣三枚と針箱ひとつと小道具と白縮緬白金巾でくるんだ古着が少しばかり、銘仙夜具敷蒲団に八反の縞の寝巻きは青い風呂敷に包んである。また紙貼りの

木箱に古着古道具がごたごた入つてゐる。それから叔父様の通帳で佐野屋へ鼠縮緬およそ三反と紫縮緬の切れ二反余りと大縞銘仙一反と二子一反と帯半側と綿繻子紫腹合せ一本を質入れして十円受けとつた。そのとき先方では十円は少し無理と云つたが預けてきたから都合して元利を支払つて請け戻して下され」

母には

「南無母上様なつかしうござり升。この世で孝行するも身体が弱く、先立つ不孝ゆるしてたべ。此行ひあやまちて御上の障りに相成不孝に陥らば世間の笑草いかばかり母上様の御迷惑、さりながら決しておしかり給ふなよ。みな我心より出でし事なれば何事も子故と御あきらめ被下度候」

それからなお渇いたように、叔父と、そして叔母の夫である若林市太郎に宛てた別れの文をしたためて息をついたのであった。勇子は七通の遺書を書き終わるとそれぞれを叮嚀に白紙に封じた。それから女中を呼んで食事代を支払い、白鳥方を出てから細かく記しつづけてきた出納帖にそれを書き加え、風呂敷包みと洋傘を持って外に出た。

彼女は再び俥に乗って清水の坂を下って行った。後はもう夕暗の来るのを待つばかりである。彼女は車夫に知恩院に詣でたいと云い、気分がすぐれぬからゆっくり珍しそうなところを巡って連れて行ってもらいたいと頼んだ。

俥が新京極四条御旅町にさしかかったとき、行く手の道筋に市民が垣をつくって堵列し巡査の厳重な警戒を受けているのに不審を抱いた車夫が、通りがかりの人から明治天皇の孝明天皇陵参拝を告げられて「引返して廻り道をしましょうか」と勇子に相談した。勇子はそれを聞くと俥から飛び降り、着物の裾をはらい襟元を直して奉迎の列に加わった。やがて行列が近づくと、彼女は涙を流し、深く頭を垂れて心に別れを告げた。

そして俥が同志社女学校の前を通り、二条城をゆるゆると過ぎ、時間をかけかけ知恩院の方角へ向かう途中で、彼女は再び参拝を終えて帰る天皇の鹵簿に出会った。「これが偶然であるはずはない」勇子は自分の天皇を思い国を憂える至誠が神仏に通じたことを確信した。彼女の眼からまた新しい涙が流れた。日がようやく傾きはじめ、時が近づきつつあった。

知恩院に着くと勇子は俥を返し、本堂前の茶店でしばらく休んでいたが、やがて茶代を払って手帳に出納を記すと本堂にのぼった。そして長いこと何かを祈念していたが、堂内で住職の説教が始まりかけていることを知ると時間をはかってなかに入り、東側の扉の近くに坐った。

長い説教はやがて終わり、聴衆は散じて行った。しかし勇子はひとり凝っとしてその場を去ろうとはしなかった。何を考えているのか、ただ茫然とした様子で薄暗いなかに頭を垂れて坐っているのみであった。

どれ程したか、殿司の村井涼義が大きな扉を順々に閉めながら勇子のいる東側の端に近づいてきた。彼は勇子の傍に立つと心配なような、いたわるような表情をして「どこかお悪いのか」と云った。すると勇子は「いいえ、病気ではありません。お堂の大きいのに見とれて長居をしていました」と答えた。それから懐から紙を出し、鉛筆で

けふまゐるちなみも深き智恩寺のけしきのよさにうきぞ忘るる

と書いて涼義に手渡した。何とはなしに深い哀れみの情が涼義の胸を浸した。彼は「もう時刻がおそいが、内陣を拝ませてあげよう」と云って彼女を従えて奥に案内した。内陣に入ると勇子は手を合わせ首を垂れてしばらく念誦を称え、それから涼義に礼を述べて堂を下りて門外から俥に乗って「京都府庁まで」と命じた。午後七時であった。

勇子の自殺死体は検屍ののち桶に入れられて下京区松原通大宮西入西寺町の末慶寺に運びこまれた。幼い寺の娘が人々の間からのぞくと桶の中は血まみれであった。彼女は鄭重に墓地の一隅に葬られ、五十日忌百日忌が多数の人を集めて行われ、続いて京都有志の手で堂々たる墓が建てられた。黒御影石の碑面には「烈女畠山勇子墓」、裏には「勇子安房長狭郡鴨川町人天性好義明治廿四年五月廿日有憂国事来訴京都府庁自断喉死年二十七」と刻されている。両方とも谷鉄臣の撰であり筆である。法名は義勇院頓室妙教大姉である。

明治天皇は凶変三十分後の午後二時三十分に皇居で威仁親王からの電報を受けとった。すぐに各親王、諸大臣、文武親任勅任奏任官にそれを急報させ、北白川宮を招いて即刻京

都にたてと命じ、続いて高木池田の両侍医を呼んで自分も明朝行くと云った。宮内大臣土方が御召馬車二輛と臣下用の馬車一輛と乗馬九頭を午後四時十五分新橋発の汽車に積みこみ、北白川宮がそれに同乗するために駈けつけたが、三十分おくれたので列車は荷物だけ積んで動き出していたから後戻りさせて乗りこんだ。夜九時、臨時列車を出して内務大臣西郷従道と外務大臣青木周蔵が医者二名を連れて後を追った。同時刻に天皇は松方総理大臣を呼んで「亟カニ暴行者ヲ処罰シ善隣ノ交誼ヲ毀傷スルコトナク以テ朕カ意ヲ休セシメヨ」という勅語を下した。当時の内閣は総理松方、内務西郷、外務青木、司法山田、陸軍大山、海軍樺山、逓信後藤、文部大木、農商務陸奥、それから宮内土方である。

天皇は三時間寝たきりで、翌日午前六時には馬車に乗って宮城を出た。雲が低く垂れて小雨が降り、あたり一面霧につつまれていた。三十分後に新橋を出発したが、腹のなかは三蔵の無思慮無分別に対する怒りと、これから日本が当面しなければならない外交問題への苦慮で煮え滾っていた。危機を突破して国を救うためには、一刻も早く三蔵を死刑にして誠意を示すほかないと思った。ニコラスが遊び半分の旅に従えてきた七隻の軍艦だけでも今の日本の海軍の総力に匹敵するということを、彼はよく知っていた。日本は一隻の戦艦さえ持たなかった。彼等がいま砲門を開いて神戸を攻撃すれば、それだけで馬関戦争の敗北は確実に再現するのだと思った。

彼は三十九歳になろうとしていた。激動のなかに生まれ、動乱のなかに生いたって天皇となり、豪傑の教育を受け、国の運命を一身に担っているという自覚が彼の満身をこめていた。

彼は、太平天国、ウイグル族、苗族、捻軍などの国内反乱で揺ぎつづけ、阿片戦争、アロー号事件、天津キリスト教会焼打ち事件、上海小刀会等の民衆蜂起によってその度ごとに列強の軍隊に打ちのめされ侵略され賠償金をとられ権益割譲を余儀なくされつつある隣国支那の運命を、若年の柔軟な頭に教えこまれてきた。上海、広州、天津と、目ぼしい港湾が次々に外国軍隊侵入の好餌となり、結局支那の全海関が英国の管理下に奪われてしまったことを、他ならぬ日本の前途に待ち受けている危機の鏡として胸にしまいこんでもいた。マリア・ルイズ号事件で確固たる意志を示し国際正義を貫いても、ペルーはなお損害賠償を要求してきた。それを拒否はしたが、しかし無法をしかけられるだけの国の菲弱さは否定できないのである。樺太千島が歴史的に日本領であることを如何に確信していても、一方をロシヤのものとして交換の形で北樺太は割譲しなければならなかったのである。そしてぼろぼろになった支那が尚かつ朝鮮をはさんで日本と争っていることもまた日本国力の未熟を示していると考えざるを得ないのであった。いま天皇の胸に、ほぼ半世紀にわたって執拗にトルコクリミヤ侵略を繰り返しているロシヤへの恐怖がある。ヨーロッパ列強の反撥に倦んだロシヤが、シベリヤ横断鉄道の敷設によって東方に鉾先きを向け、ウラジオストックを窓口として抵抗の弱い支那と日本に南下しようと意図していることを、彼は津田三蔵とほぼ同様に、しかしもっと遠く、厚味をもった予見として感じている。そのための重大な手掛りを相手に与えてしまった三蔵の愚昧さが腹立たしくてならぬ。それを償い得るものは自分ただ一人だと彼は考えていた。ニコラスの傷が軽かったということが彼に希望を与えていた。

天皇は、午後十時十五分京都七条駅に着くとすぐ「これから皇太子の旅館に直行する」と云ったが、医官にとめられた。先着していた侍医二人とスクリッパが、この日の午後ニコラスを見舞って「繃帯をとったりはずしたりすれば治癒がおくれるだけだ。それに太子は閑静を好むお人だから邪魔しないでもらいたい。診察は断る」と玄関払いを食っていた。天皇が同じ目に会わないという保証はないのであった。

天皇は御所に入り、翌日午前三時まで起きていた。そして四時四十分にはもう床を離れて、孝明天皇陵に代参を差し向けよと命じた。ニコラスが長崎に着いたとき側近の進言を入れて威仁に向かって「京都へ着いたらまず第一に先帝の陵に参拝したい」と世辞を云った。この世辞を果たさせるための代参であった。

午前十一時、天皇が行列を整えて常盤旅館に行くと、ニコラスは琥珀絹で頭を包み、白い薄羅紗の寝巻きを着て日本室のてすりに腰を下ろして外を見ていた。負傷の翌日にも窓から首を出していて「警衛の兵隊に射たれると危いから」と引き戻されたことがあった。

天皇が居室に通り、ニコラスに対面して「犯人は国法によって早速処置するが、その罪は悪んでも余りあるものです。私は御見舞のため昨早朝東京を出て、すぐにも伺うつもりでしたが医師から貴方の傷の障りになると止められたので果たしませんでした。しかし拝見したところ容態が軽いようで安心しました。恢復の後は御予定どおり東京その他をゆっくり遊覧して下さい」と述べると、ニコラスは「お見舞を感謝します。しかし私の進退は本国の両親に問合わせちゅうですから確答できません」と答えた。このとき天皇の顔色が変わった。

天皇は辛うじて同席のゲオルギス親王に向かって「殿下はその場に居合わせて太子を護って下さったとのことで、その御誠意と勇気は感謝の他ありません」と礼を述べた。天皇は帰るとすぐロシヤ皇帝に電報を打って「太子の傷は思いのほか軽く、精神も爽快のように見受けました。非常に速かに恢復しつつあります」と告げた。そして滞ロ経験のある威仁と榎本武揚を謝罪特使としてロシヤに派遣するという内命を下した。

ニコラスは天皇が旅館を去るとほとんど引きかえに、「両親から療養は軍艦でせよという返電が届いたから神戸碇泊中の御召艦アゾヴァ号に乗り移る」という通知をよこした。外務大臣青木が伺候してそれを告げると天皇はひどく驚ろき、うちのめされたように沈みこんだ。そして「すぐに伊藤をロシヤ公使のところにやって乗艦を止めるよう懇請せよ」と云ったのでその旨を伝えると、伊藤は困惑して「どうしても止めよと云われるなら必死の力を尽すけれど、とにかく公使に会って話を聞くのが先決問題だ」と常盤旅館へ急いだ。旅館へ着くと、どうしたことか青木の姿が見えなくなった。伊藤が已むなく単独で会うと、公使は「皇帝から太子の安全を期するために海へ出よという命令が来たのだから已むを得ない。皇后が非常に太子を可愛がって心配しているので仕方がない。今度の旅行でも、途中インドに立ち寄ったとき、英字新聞に、インド民衆が太子に反感を持っていて害を加えようと計画しているものがある、などと報道されたのを皇后が知って、すぐ引返せと主張されたことがあるくらいだ。だから今度の凶変では厳命してきたのだ。もちろん改変はできないし、われわれ供奉のものも今だに危険を感じているから、このうえは天皇自らの責任で神戸港まで連れて行ってもらいたい」とつっぱねた。話の終わるころ、青木が「別の部屋へ迷いこんでいた」と下手な弁解をしながら入ってきた。伊藤と青木が御所に戻っていきさつを報告すると天皇は「そうか」と云ったきり黙ってしまったが、しばらくすると「それでは送って行くから仕度せよ」と命じ、四時常盤旅館に引返してニコラスを停車場まで同乗させ、汽車の乗降口ではまるで召使いのごとく、彼の手をとらんばかりにして乗せて後ろに従って車内に入った。席の中央にニコラス、右側にゲオルギス、天皇は左側に坐り、前に威仁ほか二名、前後は歩兵一小隊と憲兵二十人が固めた。

汽車が動き出すと、すこし硬い表情をしていたニコラスが天皇に向かって「遭難の数分まえ、県庁で知事が私に向かって、自分は赴任して五日にしかならないので不行届の点が多いと存じますがどうか許して下さい、と云いました。傷もたいしたことはないし可哀想だから寛大な処置をお願いします」と云った。天皇はしばらく考えたのち「ありがたい御言葉で感謝するが、責任はまぬがれるわけには行きません。しかしよく考えて処分します」と答えた。汽車は六時半に三の宮駅につき、天皇はニコラスを桟橋まで見送って沈欝な表情のまま京都に帰った。

ニコラスは軍艦に移ると急に元気になり、翌日は頭の繃帯も大ぴらにはずし、威仁を乗艦に招待して壮に酒を飲んで歓談した。威仁はヨーロッパ旅行をしたこともあり、年も若く、そのときからの顔見識りのうえに長崎上陸以来毎日顔を合わせていた仲であったから、いっそう遠慮なくくつろげた。「このまま帰るようなことになっても、もう一度遊びに来る」などと云った。はじめ長崎に入港した際にも、ニコラスは待ちかねて旧知の彼を船に呼び寄せて午食を共にしながら「私は平生から大食いだけれど、いま復活祭で肉類を禁じられているのでこんな貧弱なもので我慢している。肉は貴方がただけだ」と笑ったりしたのである。翌日になると威仁は能久親王を連れて行って「私は貴方の御両親にお詫びするため二十四日のフランス船で貴方の国に行くことになった。今日からはこの能久が私に替って接伴委員長になる」と告げた。ニコラスが喜んで「余り心配するな」と云ったので、このことを帰って天皇に報告して喜ばせた。午後になると皇后の名代が短艇に乗って来てニコラスを慰問した。彼はますます快活さをとりもどして行った。彼は自分が遭難した場所を両親に見せるため記念写真にしておきたいと云い出し、附近の町家の飾りつけを当日通りに再現させて海軍士官を派遣した。そして次手《ついで》に県庁を二、三枚撮影させたりした。

翌十六日午後天皇はニコラスから「父がウラジオに行ってしばらく休養せよと命じてきたから五月十九日に神戸を去る。日本に対して隔意は抱いていない」という電報を受けとった。皇帝からも「わが子の遭難以来の貴国の臣民の情誼には感謝する」という電文を受けた。ロシヤ公使から東京の公使館にあてた電報に「この措置は皇后個人の心配の余りに出たことである」とあったということも天皇に報告された。天皇は早速ニコラスに対して「回顧して最も悲痛な不幸があったのにわが国に友愛の念を持って居られるのは、殿下の寛容大度と友情温厚の賜である」という意味の返電を発し、また皇后も東京から「殿下が依然としてわが国に厚情を保って居られることは感謝にたえない」という縋りつくような親電を送った。

しかし翌十七日になると、駐ロ公使の西徳二郎から「遣ロ謝罪使は皇帝と外相ギールスによって迷惑だといって断られた」という情報が届いた。迷惑だという意味は、こちらの使節がロ都に到着する頃は皇帝が国内巡幸不在の予定期にあたるからだという注がついていたが、これを告げられた天皇はやはり顔色をこわばらせて考えこんだ。ひどく疲労し、数日のあいだにひとまわり痩せていた。彼は事件突発以来ほとんど満足に食事をとっていなかった。

十八日がニコラス満二十三歳の誕生日と知ると、天皇は慶祝電報を打ち、アゾヴァ号に数々の贈物を届けさせ、ゲオルギス他四十余人に勲章を贈った。大阪の有志は天保山沖から満艦飾の汽船三艘に祝品を載せて神戸港に行き、花火を打上げ生鯛百二十四、蜜柑百個その他を献上した。京都の旅館からアゾヴァ号に運んだ全国人民の見舞品は長持十六棹に達した。日ロの軍艦は満艦飾をほどこして各二十一発の祝砲を発し、家々は国旗を掲げ、海岸通りにはロシヤ国旗型に球燈をつらね、夜になるとひっきりなしに花火を打ちあげた。

ニコラスは三蔵をとり押さえた車夫の向畑と北賀市の二人をアゾヴァ号に招待してみずからその胸に小鷲勲章を掛けてやり、二千五百円ずつ与え、終身年金を千円ずつやると云った。彼の希望どおりの法被股引姿で出頭した二人が饅頭笠に盛られた金貨を貰い、写真をうつされて帰ろうとすると、水兵が歓声を挙げて集まってきて胴上げにし、盛にウオトカを飲ませた。

緊張は不安をはらみながらもほぐれはじめ、決定的危機は去ったかに見え、天皇は十九日神戸御用邸で送別の宴を開きたいからと云って出席を懇請した。しかし返ってきた返書は「医師の意見で、傷口に少し膿を持ったというから招待には応じられない。しかしお別れを云わずに日本を離れることは残念だから、当方艦内で陛下の御随意の時刻に午餐を差し上げたい」という素気ないものであった。そちらから出て来いというのであった。あるかに見えた好意が、儀礼の衣を剝ぎ落としてはっきりと本来の憎悪となって露出したのであった。一瞬、居合わせた閣僚の顔色が変わり、沈黙があたりを領した。彼等の胸を一様に打ったのは、天皇を乗せた軍艦がそのまま出港するかも知れぬという恐しい予想に他ならなかった。それはあり得べきことであり、いったん起ったら手の下しようのない危険であった。それまでの努力を放棄し、ロシヤの怨みを深めようとも、今は避けなければならないと思われた。一人が思い切った表情で「疲労を云い立てにして断るのが万全の策と考えます」と云った。天皇はちょっと黙っていた。あるいはそうなるかも知れぬと思った。しかし他に道はない。彼は微笑を浮かべて「その時はお前たちが迎えに来ればいい」と云った。そして承知すると返答させた。

天皇は午前九時京都を出発し、午後零時アゾヴァ号に移り、会食して午後二時艦を離れ、午後五時十五分御所に帰着した。艦上での会食は友好に満ちたものであった。しかしウィッテは後に回想して、ニコラスはこののち極端な日本憎悪者となったと云っている。彼は生涯日本をマカーク（狐猿）と呼び通したのである。

明治天皇は明治四十五年七月三十日、渾身の治世を終えて糖尿病で死んだ。墓は伏見桃山にある。

茫洋たる外貌と無頓着は大西郷に似て、兄の持つ円転滑脱の趣きは欠いていた内務大臣西郷従道は、三蔵凶行の夜天皇の命により新橋を出て翌朝汽車が京都に着くまで、一晩中巨軀をさまざまに動かし、顔をしかめ充血させてときどき呻き声をもらしていた。長い溜息を吐き、そして同乗の外務大臣青木周蔵に向かって独言のように「戦争になりますぞ」とか「犯人は即刻死刑に処せにゃならん」とか呟いていた。青木は謹直な自認ドイツ流紳士であったから、この田舎者に生ま返事をかえすだけだった。西郷が「セーウィッチが太子保護で念を押しに来たことがあったが貴下は記憶せぬか。ああ今更悔いても及ばない」と云って身を揉むようにした。ロシヤ公使のセーウィッチは、ニコラス来朝が決まったとき司法大臣山田に「日本には外国の皇族に対する身分保護の刑法がない。皇太子来遊までにそれを作ってもらいたい」と申し入れたが「充分保護するから心配するな」と断られた。続いて西郷を訪ねて同じことを云うと西郷が「万全を期するから何の心配もない」と受け流したのである。青木は「知りませんな」と答えたが、心で別のことを考えていた。

青木は、公使が外務大臣である自分を無視した理由を考えていた。それはわかっている。セーウィッチの夫人はロシヤ本国の社交界では不身持ちの噂さがたかくて指弾され、そのため宮廷への出入を許されていなかった。今度の機会に太子とその側近にとり入って身分を恢復しようと頻りにとびまわっていた。それがヨーロッパ宮廷趣味の青木夫人の誇りを傷け、そして女同士の確執の延長として青木と公使とは可能な限り避け合う間柄となっていた。彼は、セーウィッチの私怨に陰湿な怒りを燃やすと同時に、自分の責任を転嫁するような態度を示している西郷に対して軽蔑と反感を圧さえることができなかった。

青木は職掌がら、ニコラス来着のまえから、インドの英字新聞が民衆に向かって煽動的な記事を書いたことを承知していた。また日本が従来外国の皇族を叮嚀に接待していたにかかわらず、日本皇族がイギリスに行って冷遇された事実があり、そのせいで前の年コンノート殿下が来たとき歓迎は通り一遍で済まされた。これと今回のニコラス歓迎準備の華麗さを比較して不快を感じた在留イギリス人が「スパイのためにやって来る仇敵をつかまえて饗応するとは実に滑稽至極だ」と云いふらしている、それに釣られて神戸市民のあいだに不穏の動きが生まれつつある、そういう噂さもまた職務上青木は耳にしていた。もちろん彼は、それが遠くヨーロッパトルコでの英ロ両国間の確執に由来していることを承知している。その程度の風聞はききすててもいい。――しかし実際に神戸警察が不穏行動を探知したと称して嫌疑者約三十人を予防検束し、ニコラス神戸遊覧の二時間のあいだ彼等を署内に禁足しておいたという取締り事実に直接関係のあるのは内務大臣である。「あの件はどうなりました。報告を受けられたでしょうな」と青木が意地悪く聞いた。西郷は怪訝な顔をし、内容を聞くと「いや、知らなかった」と苦し気に答えて黙ってしまった。

恐露思想に関する新聞の論調が二、三月ころから急に昂揚しはじめていたことは西郷も知っていた。「日本」の対韓征略の主張、「国民新聞」の「断じて対韓征略を定むべし」と題した論文も報告によって承知していた。「時事新報」が「貴富の接待に就き東京市会に望む」という一文でニコラスの東遊をとりあげ、朝鮮国王廃立の噂さを論評した。要するにロシヤが朝鮮に干渉して勢力を張らぬうちに日本から先きに干渉すべきだと云う説であり、皇太子の来日はロシヤの対韓征略と密接な関係があると主張するものであった。

西郷は二週間前に下僚からの注意で「国民之友」に掲載された「時事」と題する論文を読んだ。ニコラスが近く来るが、接待が厚ければわが国の弱味を暴露するし、薄ければ怨を買うから注意せよという穏かな冒頭から急に「何種の旅行ぞ」という攻撃的口調に変わっていた。

「果たして無邪気なる見物的旅行なる乎、もしくは兵事上探討的旅行なる乎。吾人はその如何を問ふを用ひざるなり。わが日本は、彼の一旅行のために一毛の強を加へず、また一毛の弱を加へざればなり。彼の視察恐るべくんば、われまさにその恐るべきの点に向かつて警戒を加ふべきのみ。露国皇太子の一行は、たまたま以てわが邦人の惰眠を儆醒するの功を成す所以なり」

そして最後は「みだりに臆説妄想を長ずるなかれ。その極非礼を彼に加ふる惧あればなり。——非礼をその一に加ふ、国際上容易ならぬ珍事なり。新聞紙の如きは此際もつともその筆を鄭重にすべきなり」という刺戟を潜めた遁辞で結ばれていた。

すべての自分の怠慢、情報に対する不勉強が大事を防衛できなかったという、身の置きどころのないような後悔の念が彼を苦しめていた。一方で彼は、セーウィッチが青木にむかって、ニコラスの行く先き先きの港湾に艦隊を碇泊させてもらいたいと交渉したのに対して、含むところのある青木が「港湾に入るのは御召艦一隻だけでよかろう」と突っぱねたという事実を想い起こしていた。事件の起こったいま青木の私情が大事なロシヤ公使の怨みを倍加しているに相違ないと思うと「余計なことをしやがって」という理屈にならぬ怒りが眼の前の男に湧き、再び「犯人はすぐ死刑だ」と呻いた。

翌日新橋駅午前十一時発の汽車に乗っていた伊藤は、同乗の奥田から「万がひとつロシヤ陸戦隊が神戸なり京都なりを占領するようなことがないとはかぎりますまい。その時は謝罪は謝罪でどこまでもしなければなりませんが、とにかく黙って引っこんでないで追払うだけのことは覚悟して下さい」と念を押され、「そのときは俊輔の昔に帰る」と云って苦しそうな表情を見せた。名古屋に停車すると駅長が電信を摑んで飛んできたので読むと「水兵は一兵たりとも上陸させぬようロシヤ側の命令が行き届いている」と書いてあった。しかし十三日の朝京都に着いて祇園の中村楼に入り食事をすませ、黒田といっしょに常盤旅館にセーウィッチを訪問するといきなり「日本政府はあれだけ安全を保証しながらこの始末は何事だ」となじられた。伊藤が叩頭しながら周囲を観察すると、旅館の前面の窓は全部閉ざされ、訪問者は数十間手前で下車させられ、轍の響きを避けるために俥はみな車夫の肩に担われて門内にかつぎこまれていた。屋内はロシヤ人で充満し、なかに水兵も混っていたが、一様に息を殺して静まりかえっていた。

畠山勇子のことを述べた件りで、伊藤博文が、天皇を見送った後の十二日朝の元老大臣会議の席上、司法大臣山田の「犯人処罰に関しては、裁判官のあいだに皇室罪で死刑にするか、通常謀殺罪で無期にするかの両説があります」と云う発言に対して「事が重大であるから重い方をとらねばならない。異論が出て処刑がむつかしくなったら戒厳令を布くがいい」と叱咤したと書いた。この裁判官というのは大審院長児島惟謙とその部下のことであった。

皇室罪というのは「刑法第百十六条　天皇三后皇太子ニ対シ危害ヲ加ヘ又ハ加ヘントシタル者ハ死刑ニ処ス」を指す。

通常謀殺罪というのは「刑法第百十二条　罪ヲ犯サントシテ已ニ其事ヲ行フト雖モ犯人意外ノ障礙若クハ舛錯ニ因リ未タ遂ケサル時ハ已ニ遂ケタル者ノ刑ニ一等又ハ二等ヲ減ス」を指す。

山田は、この会議に先き立つ午前七時、司法省に高等官と御雇外人パテルノストローを招集して討議した。パテルノストローが「通常謀殺罪の未遂犯を適用するがいい」と主張して一同が頷いているところへ児島が入ってきた。児島は五月六日づけで大阪控訴院長から大審院長に任ぜられ八日に赴任したばかりで、つまり着任三日目に大津事件に際会したのである。山田は児島の顔を見ると声を励まして「法律はもともと国家の安寧秩序を守るためにある。明文がないからと云って通常の殺人未遂にするわけには行かぬ」と怒鳴った。ところが栗塚省吾、菊池武夫の二人が立って反対したので山田はますます腹を立て、それから甲論乙駁となって三時間にわたり、とうとう結論を得ないままに山田は松方官邸の元老大臣会議にまわって伊藤の叱責を浴びたというわけであった。そしてこの要人会議が死刑と決めて解散したところへ、児島が大阪控訴院長後任となった北畠治房を連れてやってきたのである。

首相松方は会議をすませた一同を見送って私室に帰ろうとしていたが、取次ぎを受け、この場で説得してしまおうと考えて居合わせた陸奥を誘い、二人を別室に招いて頭から「帝国危急存亡のときだから、犯人は即刻死刑にしてロシヤ皇帝とロシヤ人民を満足させる他はない。どういう法律でやったらいいだろう」と訊ねた。

児島は先刻の三時間の大議論で部下の腹が大体飲みこめていたから、話をそらせて「電文だけではまだ事件の事実が正確詳細にわかりませんが、罪科は謀殺か故殺未遂のように思われます。適用刑法はたぶん第百十二条でしょう」と答えた。

「しかし、相手は今日こそ皇太子ではあっても何時かはかならず皇帝となる人だ。その人に通常人に対する法律を適用すれば、ロシヤの感情を害して国家の大事を惹き起こすにきまっている。内閣は百十六条と議決した。司法大臣山田も同意して引きとった」

陸奥が「百十六条に天皇云々とあって、特に日本天皇とないのは当然外国皇族も含むと解釈しなければならない」とつけ加えた。

いずれ法制局あたりの入れ智恵だろう、と児島は思った。
「もともと百十六条の草案には日本天皇と明記されていたのでございます。それが明治十三年元老院で削られたのです。その理由は、天皇という称号は日本にしかないのだからわざわざ頭に不用の文字を冠せる必要なしということで、決して適用の範囲を拡大するためではありません。ここで適用を誤ったら国権の薄弱を示して国民の憤激を買い外国の軽蔑を招くだけであると存じます。私は陛下から大審院長に親任されたのですから、内閣がどう議決されようと法律の精神に反する行為はできません」
松方がぶるぶる震えて
「法律はどうか知らんが、国家あっての法律だ。国家の生命のためには区々たる文字論は無益だ」
児島も喧嘩腰になって
「国際戦争の場合には、敗戦国は戦勝国の云うがままですから、法律は勿論、自国の主権も放棄しなければならない場合がある。それは歴史上いくらでも例はあります。しかし今の日本は、そういう先例を踏まなければならんほど最期のどたん場に立っているわけでもないでしょう。事実もはっきりしないのだから、追って充分研究して司法大臣とも協議しましょう」と冷然云い放って司法省に戻ってしまった。
惟謙は天保八年二月一日（一八三七）宇和島城内堀端の家老宍戸邸内の棟割長屋で生ま

れた。父金子惟彬は宍戸の家来で、元の姓は緒方だが金子家を継いでいたのである。生まれて三ヵ月で父が母を離縁したので惟謙は五つの齢まで里子に出され、新しい母が来たのでまた実家に戻された。十四のとき父が浪人して緒方姓に帰り、惟謙は一時本家の居候になって酒造業の手伝いをしていたが、十八歳でまた実家に戻ったり、十九歳で別の家の居候になって質屋と酒屋の業を手伝ったり、二十一歳で梶田という藩の家老の家来になったりした。やがて彼は刻苦して免許をとった剣道の腕を主家から認められ、師範として四国の各藩を巡り歩くようになり、慶応元年二十九歳のとき長崎で坂本竜馬や五代友厚を知ってからは急速に勤皇運動に傾斜して行った。慶応三年には脱藩し、姓も勝手に児島と改めたのである。

新政府が誕生すると彼は行政官となって新潟県、品川県と歩いたが、明治四年には司法省に鞍替えした。行政と軍は薩長に独占されていたから、宇和島出身で出世の望みのない彼にとって身を寄せる場所は司法畑以外になかった。事実そこは小藩不平の秀才の吹き溜まりになっていたのである。

しかし、だからと云って惟謙が法律に精通していたというわけではない。彼の力は「児島の学問を論ぜば今日僻境の区裁判所に於ける黄吻の一試補にすら三舎を避くべし」と読売紙上で評されたくらいのものであった。彼はただ、内閣の一指も染めることのできない堅塁にたてこもって、彼の敵藩閥政府に目にもの見せてくれんと考えたのである。だから彼は西郷に対し面と向かって「裁判官は芸者とはちがいます」と放言したのである。このとき五十五歳であった。

五月十三日、元老大臣会議の翌日、惟謙は大審院に登庁して裁判官を集め、第百十二条で三蔵を裁くという方針を確認し、それから山田に会ってこれを報告した。山田が「そうなれば内閣は国家の大事を裁判官にまかせるわけに行かないから戒厳令を出して臨機の処置をするだろう。困った、困った」と云った。すると惟謙は「それは裁判官の権限外のことだから何の頓着もしませんが、ずいぶん窮したものですな」と答えた。戒厳令下で軍人に三蔵を殺させるという意味である。惟謙は微笑して出て行ってしまった。そして午後四時になると大阪控訴院から質問電報が来たので「通常法律で処分せよ。他の干渉を排して、その筋ですぐ予審を始めよ」と命令した。胸のなかで彼は「早く、早く」と焦っていた。午少し前に大津の地方裁判所から予審はもうじき終結すると連絡して来ていた。大津の裁判所が内閣の干渉の手ののびぬうちに通常法律で裁断してしまえばいいが、内閣が検事を動かして皇室に対する犯罪として告訴させると、いきなり大審院の所轄になる。そうなれば国法が動くかも知れないのであった。現に検事総長三好は法務山田の命を受けて午前九時の汽車で新橋を発っていた。検事総長は行政官だから司法大臣の命令に従う義務がある。三好は惟謙と同意見だと云っていたけれど、それを貫くとすれば職を擲《なげう》たねばならぬ。三好にそれほどの覚悟があるとは信じられなかったのである。

しかし三好は十三日京都に着くとすぐ伊藤、青木に面会して通常犯を主張し、翌十四日には京都地方裁判所で所長、検事正の意見が同じであることを確認し、翌十五日の御前会議でも前記のパテルノストローの見解を紹介して自分の考えを述べた。もちろん彼の具申に賛同するものは唯一人もなかったし、特に伊藤は強硬で「もし無期にしてからロシヤの抗議を受けたらどうする。まさか裁判のやり直しはできまい。相手は代償として領土の割譲を要求してくる可能性があるし、それを拒めば戦争する他ない。だから初めから極刑にした方がいい」と主張した。そして三好がなお「それでも東京の裁判官は通常犯という意見です」と云うと、伊藤はまたしても「戒厳令を布いて殺すが、いいか」と恐喝した。青木がいきり立って「三好、それならおれにかわっておぬしが外務大臣になったらいいだろう」と捨鉢のようなことを云った。

議論は午前十時から午後六時まで続き、結局三好は職務上内閣の命に従わねばならぬとされて屈服してしまったのである。

彼は翌日の夜汽車で東京へ帰った。帰るまえ公使セーウィッチから渡された書面を青木に見せた。「もしこれがイギリスなら島のひとつくらいは奪られるところだ。わが国はそんな苛酷な要求はしない。ただ凶行者の処刑を待つだけだ」というようなことが記されていた。青木は「それ見ろ」と云ったが、心のなかでは「またイギリスの悪口か」と舌打ちしていた。セーウィッチはアゾヴァ号に訪ねて行った榎本武揚をも「無期徒刑になるようなら、両国間に大事が起きても私は関知しない」と脅迫していたのである。彼はまたそのあとで神戸の旅館に訪ねてきた青木にも会った。彼は死刑に決めたという内閣の方針を満足気にうなずいて聴いたが、青木が
「裁判するについて法律に明文がないので困っています。貴下からわが国に死刑を要求してもらえますまいか。そうすれば外交上の必要ということで処刑することができます」と懇願すると返事しなかった。「これが一国の大臣か」というような軽蔑の眼で青木を見ていた。
もちろん恐怖と狼狽に揺れ動いていたのは政府だけではなかった。ノヴォーレ・ウレーミヤに載った「直ちに陸戦隊を上陸させて神戸を占領せよ」という社説はもう国民のあいだにも拡がりつつあった。内閣はただ早く結着をつけたいとばかり焦っていたのである。
司法大臣山田は、何と思ってか全国の検事正と警部長にあてて「三蔵はロシヤ虚無党と連累共謀の事実がないか、至急捜査せよ」と訓令した。内務大臣西郷は、兵庫県知事に「三蔵は勅令で死刑と決まった」という電報を打ったし、警保局主事の大浦兼武を膳所監獄に派遣して死刑執行の設備を点検させた。
東京では井上馨がパテルノストローを呼んで
「もし犯人が、日ロ両国のあいだに戦端を開かせる目的で凶行を演じたと自白したら死刑

になりますか」とカマをかけて「今度の事件とは関係がありません」と刎ねつけられた。政府は国際法顧問のレンホルムに「犯人引渡しを要求されたらどうなるか」と質問して「そんなことの起こる道理がないから、落ち着いて逃がさぬよう、自殺されぬよう監視していなさい」とたしなめられた。副島種臣が「法律で三蔵を殺せないなら、おれが殺してやる」と喚いた。重臣のなかには「日本皇太子を留学の名の下にロシヤに送って人質とするがよかろう」と提言するものさえあったのである。

惟謙は「ざまを見よ」と思っていた。腹心の部下に向かって「内閣のやつらは、維新のとき政治法律をぶちこわし、天誅だ暗殺だと乱暴を働いてきたならず者ばかりだ。憲法をつくったところで、おれの作った憲法をおれが破るのは勝手だくらいに考えている。しかし今度はそう注文どおりにはまいらないよ」と放言した。

三好検事総長は一件書類を携えて十七日朝東京に帰った。そして地裁の予審は惟謙の怖れたとおり中止となり、裁判は大審院の所轄に移った。惟謙は職務にしたがって、大津地裁の土井判事を予審係りに任命し、土井は実際の取調べはもう済んでいたから折り返して判事意見書を呈出してきた。意見書の最後は「右被告の所為は刑法第百十六条に該当する」と結ばれていた。とうとう惟謙は、日本裁判権の独立を護るために、同時に薩長政府にひと泡吹かせるために、渾身の勇を奮って立ちあがったのであった。

翌五月十八日、総理大臣松方は惟謙を官邸に呼び寄せて天皇の身体の衰弱のさまをさま

ざまに訴えたのち

「明日はいよいよ天皇がニコラスのために送別の宴を張られることになっている。もし仮りにその席で三蔵の処分について即答を求められるような事態が生じたら、天皇は何と答えたらいいか」

と迫った。彼の身体もかなりやつれているように見えた。

「御承知のとおり裁判官の職務は独立不羈で、大審院長といえどもその員に加わらなければ意見を主張する権限がないのです。そして本年度分は裁判所構成法第五十一条の規定に従って去年の十二月に七名が決定されていますから、もう変更はできません。彼等が事件を解釈し、その解釈によって判決するのであって、他所から口出しは不可能です。したがって今仮りに私が貴方の請求に応じて何か云っても効果は全然ありません。

しかし私個人の考えを云って見よとおっしゃるなら、外国には他国の主権者に対する傷害以外には死刑はありません、ロシヤに至っては国事犯か皇帝危害のほかは全部徒流刑だと申しあげるだけです。

もちろん感情的には私も三蔵の罪は寸断しても足りないと思っています。しかしそれとこれとは別です。いったん法官となった以上は、どんな困難が予想されようとも法律の神聖を護るだけです」

松方は「国家には強い弱いがあるのだがなあ」と嘆息してしばらく黙っていた。それから「貴方が引き受けてくれれば、今後あなた方がどんな窮地に陥るようなことがあっても私の一身にかえて保護するがな」と云った。そして「貴方が承知で部下が不承知というので金がいるなら幾らでも出します。貴方が爵位を欲しいと云うならすぐ奏請します」と云った。そして惟謙が返答しないでいると、やがて気をとり直したように「その七人の裁判官の名前を教えて下さい」と云った。惟謙は即座に筆をとって「裁判長堤正巳　判事土師経典、同中定勝、同安居修蔵、同井上正一、同高野真遜、同木下哲三郎」と記して松方の前に差出し、午すこし前に退出して大審院に戻った。

惟謙が退出するとすぐ松方の電話で山田、大木、陸奥が司法省に集まって大審院から堤、中、高野、木下の四判事を呼び寄せた。そして山田法務が中、木下に、大木文部が高野に、陸奥農商務が堤にと、各一対一と離れて要談に入った。惟謙は大審院で飯を食いながらこの報告を聞いていた。彼はこの四人の判事がそれぞれの大臣と特別の間柄にあることを知っていた。安居と井上は強硬曲げるべからずという判断の故に除外されたのである。「そして土師は薩摩だからいずれ西郷に説得されるのだろう」と彼は考えた。これで七人のうち五人という絶対多数が政府のものになる。「遂に来た」と彼は思った。彼は即刻、大阪控訴院の事務引継ぎを完了するためという出張名目をつくって司法大臣に呈出し、深夜にかけて院長としての意見書を草し、翌十九日の午後九時五十分、五人の判事を帯同し井上、木下の二人を残して新橋をたった。出発まぎわに山田が見送りに来たので、妙なことがあるものだと思っていると、山田は各判事に向かって「行在所から通達があったから、まず京都で天皇に拝謁したのち大津へ行け」と命じた。何かある、と彼は思った。行ってみなければわからない。しかし敵が隠微な蠢動を始めたことに間違いはなかった。

――それは「今般露国皇太子ニ関スル事件ハ国家ノ大事ナリ注意シテ亟カニ処分スへシ」という意味深長な勅語に他ならなかったのであった。しかもその重大さは、それが空前で、恐らくは絶後にちがいない「平の裁判官」に与えられた勅語であるという点にあったのである。思いもかけぬ光栄と責任に圧迫され、こわばって血の気の引いた顔をして大臣詰所にさがってきた五人の判事を、待ち受けた西郷と青木は心に充分の手答えを感じて見やったのであった。

惟謙は少しおくれ、落着いた表情で部屋に入ってきた。彼は宮内大臣土方に近づくと、手にした一枚の紙片を渡し「ただいま裁判官は陛下より勅語を賜りました。これはわれわれにとって重大なことですから裁判日誌に記入しておかなければなりません。就いては、われわれの拝聴にまちがいはないか、恐れ入ったことですが伝伺を願います」と云った。土方がうなずいて紙片を手にして天皇の居間に入った。そしてすぐに戻ってくると「お言葉に相違はありません」と云った。

惟謙は五人を連れて六時二十分京都を出発して大津に着き竹清旅館に入った。勅語を耳にした瞬間、彼の頭は反撃の手掛りをつかんでいた。彼はそれをしっかり捕え、大胆にも天皇に念を押すことによって、それを証拠として西郷、青木、土方に確認させ、同時に五人の判事の胸に刻みつけた。この「注意シテ」の四文字、すなわち内閣が凶変当日の詔勅「亟カニ暴行者ヲ処罰シ」の頭に書き加えて天皇に渡し、わざわざ異例の演出を敢行して判事たちを威圧しようと試みた一句を逆手にとり、両刃の剣として彼等に切りつけようとしたのであった。

天皇は翌日西郷、青木を従えて帰京し、堤裁判長は三蔵の下調べのために大津監獄へ出張した。そして正午帰って会議をひらき二十五日に公判を開始する旨を決定した。

「そっちがそっちなら、こっちもこっちだ」と惟謙は考えていた。彼はいま会ってきた天皇の衰えた表情の原因はすべて臆病政府にあると思った。そして同時に、天皇を苦しめ日本の独立を侵害しようとするロシヤの傲慢さに満身の憎悪を感じていた。自分が激流にさからって立っている一本の棒杭のように思われ、そのためには如何なる術策も正当化されるような気がするのであった。二十五日までには四日しかない。この間に信頼すべき安居、井上を除く残り五人のうちの二人を味方に引込まなければならぬ。

惟謙は裁判長堤を自室に招いて椅子を勧めると静かに「私は夕方失敬して大阪に立たねばならないが、その前に君に云い残して置きたいことがある」と云った。

「くどいようだが、今度の裁判は日本国法権の独立が保たれるか否かの別れめである。すべてが君たちの去就にかかっている。そこで」。彼は堤の眼を威嚇するように見た。「十八日午後諸君が司法省に呼ばれた後、諸君の午前ちゅう私に約束した意見が急変したことを私は耳にしている。権門や朋友の干渉甘言に乗って法官の威信を傷け、卑屈な裏切り行動をとって反省しないものは、自らの職務を辱しめるものだ。いま諸君の決しなければならぬことは、私をとるか大臣をとるかのふたつにひとつだ。

昨日のお言葉で特に『注意シテ』とつけ加えられた意味をいま一度慎重に考える必要がある。私は注意に注意して天皇の思召しを推察すればするほど、内閣決定の誤りを指摘していると考えざるを得ない」

彼は松方と山田に呈出した意見書の写しを机に置き「これを持って帰ってよく読んで見よ。そのうえで不理不当があると思ったら遠慮なく云ってもらいたい」と云った。そして立ちあがりながら低い声で

「大阪から刮目して諸君のやることを見ている。かならず自分で判断し、もし私の意見が正しいと認めたら電報を打ってくれ。私は即刻大津に来て協議に加わろう」と、再び威嚇するように、また祈るように云った。堤はうつむいて黙っていた。

彼はひとり惟謙を送って停車場に行った。そして握手すると涙を流した。惟謙はそれをじっと見ていた。

長い夜と二十四時間と午前がすぎた。二十三日午後二時、電報は着いた。「相談あり直

に来津を乞う」、よし、と彼は思った。

堤は「意見書も読みました。仰せのとおり情誼を捨てて正を貫く決心をいたしましたから御安心下さい。ただ困難がひとつあります」「わかっている」と惟謙が云った。「木下をここへ呼んでもらいたい。しかし職員たちに気取られてはならないぞ。君はもう戻らなくていい」

堤が出て行き、二十分ほどして木下がドアを開くと惟謙は突きとおすような恐しい眼つきをして彼を見ていた。彼が前の椅子を指しても木下は坐ろうとしなかった。一刻も早く出て行きたいというふうに見えた。そして惟謙が

「君は十八日山田司法大臣に」と口を開くとすぐ「私は心得ちがいをしておりました。勅語をいただきました以上は、もはや決意を変えることはございません」と一気に云った。

「堤に説得されたか。こんなやつが。他愛のない」彼は表情をゆるめ、二、三度うなずいてから「よくわかった。まあそこへ坐れ」と云った。

木下が早々に去るのとほとんど入れちがいに強硬派の安居が、緊張し紅潮した顔をして入ってきて「夕食はどうしますか」と訊ねた。

「宿へ帰ってゆっくり食うから心配しなくていい。それより君には重大な頼みがある」彼は考えながら

「今ここで思いついたのだが、君は土師とは懇意だったな」「ええまあ、意見の相違はと

きたまございますが、そこは已むを得ません。あれは薩人で強情ですから」

惟謙が、「それなら理をもって説けば軟化しないことはあるまいから、今日これから国家百年のために私情を抛って法権を護るよう反省をうながしてみよ」と云った。「焦って喧嘩をするな。こちらに傾いたら自分が会って充分説得するから」と念を押し、「そう決まったら長居は無用だ。疑いを受けるもとだからなあ」と笑って宿舎へ引きあげた。

夜十一時すぎ、安居が来て「やっと土師に動揺の色が現れました」と告げた。彼は土師を玄関まで同道していた。土師も遂に惟謙の前に屈した。

二人が去るのを見送ると彼は急いで廊下を部屋に戻ってきた。「公判開廷まであと一日しかない」そして部屋の中央に立って「これで勝った。これでよし」と思った。喜びが湧きあがり、全身を浸した。「日本帝国万歳、司法官万歳」心に叫び、両手を高く挙げた。もう午前二時をまわっていたが、彼は帳場を呼び、山田にあてて「被告津田三蔵一件刑法第百十六条皇室に対する罪を以て処断するの見込なし委細書面」という電報を打ったのであった。

夜明けに近いころ惟謙からの逆転電文を読んで狼狽した山田は各閣僚に電話連絡し、三好検事総長に打電して、裁判長堤に「二十五日開廷の公判は原告側（内閣）に事故が生じたから延期を請求する」と通告させた。堤はすぐ会議をひらいてこれを許諾した。東京では早朝閣議が持たれ、山田と西郷の二人が法官を各個撃破して再び形勢を逆転する目的をもって西下することを決めたのである。

二人は二十五日午前十時に大津に着くとそのまま滋賀県庁に入り、三好と惟謙をまじえて一室を固く閉ざして討論を始めた。正庁の入口から本庁と庭内にかけ、また受付から議事堂下の食堂の通り口にかけ、なお裏手の馬場にまで二十余名の巡査が配置されて挙動不審の通行人はことごとく誰何された。

事件の反響は勃発直後と逆転していたのである。未曾有の国難を招いた元凶として民衆の憤激を買っていた三蔵は、たった数日の間に一身を投げ打って君国に尽そうとした英雄に祭りあげられようとしていた。緊急勅令で報道を制限された不満や違憲論を主張しはじめた学者政客の論調が新聞をにぎわしはじめ、それにつれてどうやら国際問題も起りそうにないと感じ出してきた民衆を煽りはじめていた。せまい大津の町を他所者らしい風態の男がうろつき、街角に立って演説して引っぱられて行く元気者があったり、白衣姿で県庁前に立つ男を見かけたりした。国民のあいだには再び反抗的恐露病がひろがりつつあった。惟謙はそれについて一言も洩らさなかったが、自分がふわふわとした輿論らしいものの奥にいることを承知し、それを苦々しく思い、またそれに淡い満足をも感じていた。

西郷は車中で飲んできた酒で昂奮し赤らんだ顔をして、県庁に出頭した惟謙を睨みつけていた。怒気をかくそうとせず、また合間に「聴く耳もたぬ」と云った表情をしてそっぽを向くこともあった。山田が

「どうして百十六条の適用が見込みなしと云うのですか」と訊ねた。

「根本の理由は再三云ったとおりですが、その信念が『注意シテ』という過日の勅語によって強まったのです。担当裁判官も一、二を除くほか同意見らしいからあの電報を差上げました」

「その一、二名とは誰のことですか」

「裁判上の最大の秘密事項ですから銘々の名前を公表するわけに行きません。とにかく裁判のことは裁判官にまかせて欲しい。私の意見書に対する議論ならいくらでも私が応じます」

するとと西郷が大声をあげて
「法律のことは私は知りません。しかし貴方の云うようになればロシヤの艦隊は品川沖に押し寄せて一発の下にわが国は木端微塵です。法律みたいなもののために国家の危険を招致するとは何事だ」と怒鳴った。惟謙がそちらを向いた。

「国家の無事を願うのは私も同様です。しかし屈辱に甘んじ面目を失ってもいいのですか。戦争するしないは裁判官の知ったことではない、裁判官の眼中には法律があるだけです。そのうえ、今回の御漫遊にあたってロシヤ公使が『勅令をもって外国皇族に対する不敬の処罰刑法をつくってもらいたい』と申し入れたことは、相手が貴方であったのだから御記憶でしょう。それを『新しくつくれ』と云った以上、ロシヤはわが国に正文がないことを認めていたことは明白です。法官は正文にある法律で裁判します。事件後青木外務大臣が公使に百十六条を適用すると云ったそうですが、さようなことは少しでも法律思想のあるものが云う言葉ではない」

西郷が白っぽい顔になって

「天皇がひどく御心配になっているから私等が勅命によってここへ来たのだ。裁判官は勅命でも従わないという権利でもあるのか」とまた怒鳴った。惟謙が冷然として

「たとえ勅命でも、もし法律に反していると考えたときはその理由を上奏して進退を決します。私たちは京都で『注意シテ亟カニ処分スヘシ』という勅語をいただきました。貴方はいったいどういう勅命を受けて来られたのですか。裁判官に百十六条によって処断させよという勅命ですか。お聞かせ願います」

と云い放って注視すると西郷は眼をそらせて黙ってしまった。山田が半ばとりなすように半ばあきらめたというふうに

「裁判官に命令せよという勅命ではありません。しかし陛下はそういう御希望だと察しているのです。このうえは裁判官に会って内閣の意見を述べ、諸君の考えも聞きたいと思いますから、各位にその旨を伝えて下さい」

と云うと、また

「すぐ宿舎に戻って伝えましょう。しかし諾否は保証しません。何故なら内閣はこの事件

に於いては原告という立場にいるのですから、このことが公にされると裁判官との直接取り引きという汚名を生む懼れがあります。裁判官は多分応じないでしょう」

と冷やかに突っ刎ねた。協議はこれで終り、惟謙は県庁を出た。その足で彼は三好を伴って宿に帰り、七人を呼んで申込みを伝えると互いに顔を見合わせてまたしても躊躇と動揺の色が現れた。そして高野が遠慮がちに何か云い出そうとした瞬間、それを押さえつけるようにして安居が鋭く

「司法大臣は前に自ら『裁判官ハ訴訟関係人ト私謁スヘカラス』という訓令を発したことがあります。これをどう解釈したらいいのですか」と云った。高野が黙った。堤が「事件が落着したときはともかくとして、この際は不本意でも謝絶した方が双方のためだと思います」と静かに云った。惟謙は三好に「それでは司法大臣に貴方から報告して下さい」と頼み「私も後ほど面会に参ります」と告げた。

惟謙が後れて山田を宿舎に訪ねて行くと、山田は「裁判官が承知しないなら仕方がありますまい」と答え、微笑しながら惟謙の耳に口を当てて「もう君等にまかせる他はなさそうだ。しかし政府はロシヤに対する徳義上公判廷でも検事総長に百十六条で処断すべきだと発言させることになっている。そのつもりで応対して下さい」とささやいた。怒りもせず驚ろく様子もなく、もうすっかり諦めているように見えた。

西郷は惟謙が入って行くと、酒を飲んでいたが、見るのも嫌だという表情で横を向いた

まま「法官は司法大臣の命令もきかんのか。無礼千万だ。怪しからん」と同じことを呟いた。

五月二十七日午後一時大津事件の公判は開始された。傍聴禁止が公示され、惟謙を含む高等官三十二名と、廷内の陳述を他に漏さないことを誓言した近県の代言人十五名の計四十七名だけが、特別に入廷を許されていた。二人の弁護人は竹鞭と棍棒を携えた特務巡査に護衛されて公判廷に入った。囚人馬車で到着した三蔵は、巡査十余人に取巻かれ看護人二人に左右の手をとられてそろそろと入ってきて定めの席についた。彼は顔色が蒼白に変わり酷く衰弱していた。すこし白髪を混えた五分刈りの頭に繃帯を巻き、五ツ紋の黒羽織に浅黄に黒の竪縞の入った銘仙の単衣を着て、白足袋に白鼻緒の麻裏草履をはいていた。証人として喚問された車夫の向畑が羽織袴で来ていた。

午後三時半陳述のすべてが終わり、三時間休憩ののち六時半、裁判長堤から「被告三蔵を無期徒刑に処するものなり」という判決が云いわたされた。

判決がすむと惟謙は山田に報告し、次に西郷を訪問した。西郷は太い息を吐き、続いて歯嚙みをしたように見えた。しばらくして

「児島さん、これから戦争をせねばなりません。暴漢一人の命を助けるために国家の禍を招くとは」といつもと同じことを云った。惟謙も「戦争するしないは貴方がたの方寸にあります」と同じことを繰返した。それから止めを刺すように

「しかし若し戦争となったら、私たち法官も一隊を組織して貴方のような大将軍の指揮に入り、一方面に当りましょう。そのときは法律を担ぎ出しはしません」と浴びせかけた。

西郷は酒をあおり続け、泥のように酔ってその夜十二時の汽車に乗った。山田、三好のほか多くの随員が同車していた。西郷は身体をぐらぐらさせ、窓からプラットフォームで見送る惟謙に向かって

「児島さん、耳ありますか」大喝した。惟謙が黙って相手にしないでいると、同じことを三度しつこく繰り返した。惟謙はうるさいやつだと思った。彼も少し酒が入っていた。二、三歩近寄って

「西郷さん、貴方には眼がありますか。私の耳はこのとおりついているから聞こえます」と大声をあげると

「もう裁判官の顔は見るのも嫌です。これまで踏み出して負けて帰ったことはありません。今度は負けて帰ります。この結果はとっくりごらんなさい」

惟謙が憤然として「裁判官を見ようが見まいが貴方の勝手です。また法律の戦は、貴方の大好きな猪狩りとはちがいます。結果を見よとは何事だ。場所がらもわきまえず、実に国務大臣の云うべきことか」

彼が窓に押しかけると西郷は黙って首を引っこめてしまった。山田が顔を突き出して「わかった、わかった。西郷は酔ってるんだから君も黙れ」と手を振ってとめた。そして

汽車は大津の駅を離れて行った。

惟謙の胸の奥に執念深くくすぶり続けてきた反感は、なおしばらくは消えなかったように思われる。彼は何の故か事件終結後も大阪に止まっていたが、ようやく司法大臣の命によって六月九日に帰京した。そして翌日から天皇以下閣僚を巡って挨拶してあるいたが皆話をそらして聞くのを嫌がった。しかし伊藤だけは機嫌よく迎えて「裁判官というものは、ずいぶん無鉄砲なことをやるものだな。まあ今度は僥倖にも大当りだった」と笑った。すると惟謙は

「蚤でも犬の歯に引っかかることはありますからな」と切り返した。

その後の惟謙は仕事らしい仕事をしなかった。就任して一年三ヵ月で大審院長を辞職した。伊藤内閣が成立して僅かに二週間であった。判事の一人が花札賭博で挙げられた責任をとったということになっているが、もちろん復讐されたのである。

彼は辞任すると官界に見切りをつけて衆議院で戦おうと決心して親戚に借金を申し込んだ。すると手紙を書いて一ヵ月もたたぬうちに突然貴族院議員に勅選されて口を封じられてしまった。明治三十一年の総選挙に郷里宇和島から立って念願の衆院議員になったけれど、四年間なにもできないでしまったのであった。惟謙は明治四十一年七月一日喉頭結核で死んだ。享年七十二歳、東京品川の海晏寺に高さ一メートル五十センチ尋常な形をした立派な墓がある。表には「正三位児島惟謙、同重子之墓」と刻されている。

（事実は次の人々の著書、手記、雑誌掲載文および福井県立図書館、伊賀上野市立図書館の資料に依った。沼波瓊音、尾佐竹猛、児島惟謙、伊藤博文、穂積陳重、大場茂馬、田畑忍、家永三郎、原田光三郎、黒川鍋太郎、松山信雄。記して謝意を表す）

孫引き一つ——二人の愛国無関係者——

私は大津事件を材料にとって、十二年前に「凶徒津田三蔵」、一年前に「愛国者たち」を、小説として書いた。自分の見識らぬころの出来事だから半分以上は文献からの引用みたいなものであったが、とにかく自分の小説ではあった。一方、材料集め早々から興味を惹かれ放しになっていた余談があって、しかしそれを書くとなればほとんど全文孫引きとする以外にあつかいようがないと思ったので捨て去ってきた。興味本位だから書く価値がないことだという気もあった。それでもまだ気になっていた。だからいま随筆として書いてさっぱりしたい。下手人三蔵をとりおさえて日露両国政府から報賞を受け勲章を授与された愛国車夫の向畑治三郎と北賀市市太郎の末路に就いてである。昭和四年一元社発行の尾佐竹猛博士著「疑獄難獄」に載っている。

記念写真を見ると、両名とも髪を七三に分け、紺のトックリ襦袢に紺の細股引き、法被の左胸に二つの勲章を下げ、饅頭笠を左手に持って直立している。当年三十七歳の向畑は中肉中背瘦せ型の眼鼻だちのはっきりした、見るからにイナセな男である。当年三十二歳の北賀市は大柄で、朴訥を絵にかいたようなO脚の男である。向畑は平常から喧嘩好きで、強いのが自慢であったと云われている。しかし当日の両人の働きは、ゲオルギスに後ろから鞭で殴られて立ち止まった三蔵の両脚を向畑がさらい、落としたサーベルを北賀市が拾って倒れている三蔵の後頭部と背中に切りつけ、乗りかかって押さえただけのことである。二人とも俥の後押しで最も近いところにいたのだから当然の処置である。事件五日後の十六日に早くも下賜された叙勲証書は次の通りである。

明治二十四年五月十一日滋賀県大津に於て露国皇太子殿下御遭難の際迅速変に応じ勇往敢為の所業を以て其危害を軽うせしむ其功洵に少なからず依て特旨を以て勲八等に叙し白色桐葉章を賜ひ終身年金を下賜候事

明治二十四年五月十六日

内閣総理大臣伯爵　松方正義　代

外務大臣子爵　青木周蔵　花押

年金仮証

京都府下愛宕郡花背村字八桝

向畑治三郎

石川県加賀国江沼郡庄村字加茂
北賀市市太郎
勲八等年金三十六円
右特旨を以て勲八等に叙し白色桐葉章を賜ひ之に属する終身年金を授与するを以て此証を附与するものなり
明治二十四年五月十六日
内閣総理大臣伯爵　松方正義　代
外務大臣子爵　青木周蔵　花押
此仮証は追て賞勲局総裁大蔵大臣連署の正式年金と引換ふべきものなり

松方の「代」は彼が現地京都にいなかったから署名できなかったわけで、「迅速変に応じ勇往敢為の所業」という少し舞文調の褒辞とともに、とにかく一刻も早く功労者を表彰して誠意を示そうと焦る政府の胸中を推察させるものである。この直後、政府は両人の身元調べによって、向畑が明治十三年窃盗犯として懲役八十日に処せられたほか賭博罪殴打罪等で再々の処刑を受けた前科者であることを知ってひどく弱った。勲章をもらう資格がないのであるから更めて剝奪せねばならぬ。そこで混乱にまぎれた態でうやむやにした。おまけに十八日には二人が旗艦アゾヴァ号に招かれて被害者ニコラスの方から大歓迎を受けているので、いまさら変改しようもなかったのだ。ニコラスは手ずから露国小鷲勲章を胸に掛けてやり、饅頭笠のなかに金貨で二千五百円ずつを入れてやり、爾今終身年金を千円ずつ与えると約束した。そして帰りには甲板上でウオトカをふるまわれロシア水兵に胴上げされた。要するに事件渦中の日本にとって、向畑、北賀市は一車夫の分際で国難を救った最大の愛国者であったのである。

神戸の中口勝次郎という人が日露の両国旗を紋に染め抜いた絽の羽織にそえて送った書面を左に写しておく。

拝啓陳者今般我国の大賓たる露国皇太子ニコラス親王殿下御来遊中御遭難の義は朝野挙て哀悼痛惜せざる者なしと雖も幸に御傷創を軽くし御平癒を速かならしめたるは当時急劇の場合に於て足下が勇敢機敏の殊功に因る者にして曩に叙勲恩賜の光栄を受けられしを以て確徴するに足る。実に足下今回の特功は上は我が天皇陛下及露国皇太子殿下に対し奉り忠勇義行たるは勿論下は日露両国臣民の大幸福と云はざるを得ず。因て聊か其記念を表祝せん為拙者思を凝らし露国の露に縁て絽の羽織に日露の徽章を交へたる考案より成れる紋を付し進呈致し候に付拙者の微志御受納相成度此段得貴意候也。　明治二十四年五月十九日。

少々くどいが誠意は充分である。わずか一週間でこれだけの製作をなし終えるとは稀有のことである。露と紹のゴロ合わせも、急に望んで余裕ある日本人的発想で快い。

二十一日には、両名の家の宗派が真宗だということを捜り当てた大谷派本願寺法主が、その功を賞で使をもってうやうやしく五十代三折本尊一幅と教示章一部と黒柿菊総念珠一連あてを授けた。当時二人がどこにいたかというと、向畑は花背村を出て女房うた長男定吉とともに京都烏丸二条上ル路次の六畳一間の家に住んで、ニコラス親王宿舎の常盤旅館のお抱え車夫をしていたし、北賀市は石川県を離れて独身のまま新門前の車帳場に車力仲間と雑居していたのである。

しかし勿論当時といえども、現地の危機感と緊張がそのまま遠い東京の庶民にまで、あるいは江戸生き残りの一種ノンシャランな気質をよどませた花柳界にまで及んでいたわけではなかった。ここに「赤坂芸者四五人より」とした本気か嘘気かわからぬ、と云うよりはハッキリと政府の狼狽に冷笑を加えた手紙が残っている。芸者に書けるわけがないから、当然旦那客の杯片手の戯筆に決まっている。

此度の御働き万人の及ばぬ御勇気の程御優しく存じ上げまゐらせ候。且又莫大の御褒美は当然の事にて今少し御頂戴なされても然るべき事と存じ候程に御座候。妾共未だお目もじは致さず候へども御両方様あまりになつかしき儘毎日毎夜お噂のみ致し居り総代とか委員とか申す様な者を差し上げて御慰労申したきは山々に候へども何と申すも御承知の業体兎角心に任せず西の空のみ眺め暮し候。あはれ妾共の心底御察し下されチト御保養がてら東京へ御遊びにお出で下され候はば妾共の嬉しさは一方ならず有る程の限り御慰め申上げて月は嵐山のみならず東都八景残りなく御案内可申上候。

手紙ばかりではない。新聞名は知らぬが、東京何新聞かの雑報欄の片隅には次のような痛烈皮肉な茶化し記事も載ったのである。

大津の兇変に天下比類なき手柄を顕はしたる帯勲車夫の身の上は公衆羨望の焼点《ママ》と成り寄ると触ると此噂をせざる者なき程なりしが取分け吉原仲の町の芸妓おちやらが見ぬ恋にあこがれて、聞けば北賀市市太郎は名こそ按摩の出来損ひだが無妻と云ふので頼母しい何卒アノ人のおかみさんに成りたい者《ママ》だが誰か世話の仕手はあるまいか若し仕てくれる人があるなら礼金として二千五百円は屹度出すと嘘か事実か夢中に騒いで居るといふ此言が縁に為て若し相談が出来たら、好いかね二千五百円は此方が貰ふよ。

とにかくこれで見ても当時の二千五百円の一時金とロシアの千円日本の三十六円の年金が一世を驚かせ羨望させるに足る大金であったことはわかるが、それ故にまた三十二歳にもなってまだ独身の北賀市の身上が大なる関心の的となったことも、しがない暮しの庶民にとっては事実で、こっちの方は早速に身近い「近江新報」の興味本位の探索の餌食になった。

北賀市市太郎は独身者である処妙な事もあるもので以前同人が名古屋に居た時図らず其処で美濃生れの松野およう（二十三歳）と云ふ者と情を掛けつ掛けられつ姑く其儘暮して居たのは過る明治二十年夏の頃の事にて間もなく双方都合あつて引別れる事となり市太郎は名古屋を去り終に今度の仕合せとなりたるが其頃はおようも委しく市太郎の素姓を知らず只だ加州江沼郡の市太郎と覚えてのみ居りしがやがて其市太郎が無上の手柄をしたとの趣き風の便りに聞伝へて今更昔の忍ばれて果は近所の人までが何故京都へはお出なさらぬお出になつて面会しなば勲八等の奥方様默つて居るべき時では無いと勧められて其気になり旅の仕度にかかつたが、実は其後此おようは市太郎と別れし後島田某といふものと仮初ならぬ中となり変るまいぞと契つて居つたので島田某はおようの心変りを憎い女と立腹し折檻喧嘩日々絶えず近所では又何の角と取り止めのない事迄を吹聴して騒ぐのでおようも今は途方に暮れ大に困つて居るとの事なり。

横井さんでも週刊誌の写しでもない。とにかく愛国者北賀市は二十七日帰国した。二十六日午前十時京都出発の際は、同僚の車夫一同が駅に見送り、京都府属山田久一が同行した。「二十七日帰郷」の報に接するや国境に村長区長等数百名が出迎え、午後六時大聖寺町に到着すると郡長郡書記各町村長議員有志数百名が町端に立って歓迎した。続いて魚町清仁楼で大祝賀会が開かれたが、門前は見物人の押し合いのため混乱した。そして夜に入ってようやく帰村し郡主催の大宴会に出席した。彼は故郷に定着して妻を迎え名誉の世継ぎをつくることを諭されていた。従って将来出生すべき男子の教育費としては獲得財産があてらるべしとされ、それは石川県知事の監督下に運営されることに決められていた。だから数日すると京都府属官が出張してきてこの件に関する知事との事務引継ぎを終了した。

同じ処置は向畑に就いても行われた。彼の分は外務大臣青木周三からの依頼で京都府知事北垣国道が監督して三井銀行に預金積立てされ、ロシアからの年金千円のうちの二百円と日本政府からの年金三十六円が家計補助費として下げ渡されることになった。本籍地から親を呼び寄せ、子の定吉にも学問をさせるはずであった。

しかし遊び人に生まれついたような向畑は忽ち車夫をやめると小遣銭を懐にしてぶらつきはじめ、そのうち古巣の賭場に出入りして丁半に興じたり、もてるをいいことにだらしなく女に金を使って外聞を悪くするようになった。役人も心配して半年後の十一月二日には「諸陵寮守」という、名目だけ立派で実は小使い掃除人夫の辞令を授けたが、彼の所業は改まらなかった。事件が遠のいて役人の目がゆるむと、彼はだんだんに理屈を申したてて預金をひき出してチャチな儲け仕事に入れあげるようになり、その度に失敗をくり返しつつ老いて行った。そうこうするうちにロシアには革命が起こって年金は絶え、度重なる賭博罪で勲八等の位階年金も剝奪され、窮した彼は最後の残り金を投じて上京区出水堀川東入ルに小待合「松立」を開いたが、かと云って営業に努力するわけではなかった。ついにはバタ屋にまで落ちぶれて本性たがわぬ無頼の生活を続けていたのである。大正十四年四月十九日の新聞記事はこれを証明する。

京都市上京区出水堀川東入ル向畑治三郎（七二歳）は去る三月下旬附近の少女三名に金品を与へて自宅に連れ込み暴行を加へて負傷せしめたことが発覚し目下西陣署で取調中。

暴行と云うのがエロチックなものを意味することは勿論である。少女は幼女であろう。彼は昭和三年九月、七十四歳をもって京都府下北舞鶴町の長男定吉の家で死んだ。死ぬまで矍鑠として壮者を凌ぎ、網打ちを道楽として京阪神の河川を駈けめぐっていたということである。

北賀市は帰国ののち恩賜金の一部で田地を購入し、また読み書きを習い、まもなく大聖寺町に出て住んだ。明治二十九年六月には銀製香炉一基を露国ニコラス皇帝に献納し、返礼として紋章附巻煙草入一個を下賜された。三十三年九月には江沼郡会議員に当選した。この文の始めに「末路」という文字をつかったが、彼の方は身を謹しんで愛国地方名士としての体面を全うしたのだから決して末路なんかではない。郡会議員になって以後の彼がどういう生涯を終えたか、調べればすぐ判明するであろうが、そんな手数をかける気は更にない。

接吻

接吻と云っても自分のことではない。数日前には孫を抱きあげようとしてギックリ腰になった。

四年ばかり前、中国旅行から帰ってきた平野が「おい、中国でも接吻するぞ」と云って一枚の呆やけた写真を見せた。どこかの公園で現場を発見したので早速に木の間から写したとかで、そのためピントがはずれているが、たしかにベンチに腰かけた一塊の男女が、性別もはっきりしないまま頭をつけて抱き合っていることには間違いなかった。

「なにしろ周章ててとった」と云った。

私は、私ならもっとちゃんと写したと思う場面に出会った。

天竜川上流の長野県境ちかい山奥に不動滝という小形の滝がある。そこへ行って写真をとろうとしたのだが、前景に入れるつもりの美しい岩の上に、揃いの赤シャツを着た男女が脚を投げだした恰好で抱き合ったなり一向に動こうとしないのだ。こっちを見ることは見るのだが、私が何遍もその前を横切って邪魔だということを示しても、まるで相手にしてくれない。ちょっと接吻したと思うと、次はお互いの眼を五糎くらいのところで覗きあい、相手の髪の毛をいじったり頰を撫でたり、それからまた接吻したりしていて果てしがない。テレビのフランス映画そっくりでもあった。

別に悪意は感じなかったが、あまり切りがないので

「邪魔になるからちょっとどいてくれ」

と云うと、手を引っぱりあって下りてきた。それで二枚ばかり写して帰った。男は優しそうな稚な顔で、女の方はザラついた長い顔で出っ歯であった。

テレビでは最近見た。街の人ごみで接吻している男女に対して通行人がどういう反応を示すかという実験みたいな娯楽番組で、銀座、神田、神宮外苑と、それからどこかの私鉄の駅前でやった。気がつかないのもいるし、気がつかぬ振りをするのもいるし、妙な顔をして眺めるのもいた。妙な顔で眺める人は、どの人も一度通りすぎてから思い直したふうに歩をゆるめ、たしかに接吻しているがしかし現実として変だという疑いの感じで脚をとめ、身体を斜めにひねって視線を流す。しかし好い加減のところでやめ、なお疑わし気に、また未練を残して立ち去るのである。ここが滑稽でなかなか面白い。公園らしいところのベンチでやってる場面では、制帽の見廻りに「あっちでやれ」と云われていた。これは実演した当人が、司会者といっしょにテレビの画面を見ながら

「人のいないところでやれと云われました」

と解説したのである。この実演者は俳優の卵かアルバイト大学生か、不定型顔の肥った女と華奢で気の好さそうな青年の一対で、したがってポーズは不恰好であった。身長がほぼ同じだから、立位では胴長の女の腰が落ちてぶら下がり、男の方は明かにかかえた女の体重をもてあましていた。従ってその様は生ま生ましく、現実曝露的であった。

私の住まいの前庭に、コンクリ製三畳敷きほどの泉水がある。そこでは毎年春から夏にかけて金魚が盛に接吻する。もちろん産卵本能のためであるから、雄が自分の口と頬っぺたを雌の胸と下っ腹に磨りつけて追いまわすのであるが、これも毎日見ているといやに人間臭くなってきて、接吻以外のものと考えることは自然不可能になってくる。

池の真中から少しはずれたところに、睡蓮を生けこんだ径一米たらずの平鉢が沈めてある。沈めてあると云っても水面から鉢までは三糎くらいしかないから、葉は山盛りにもりあがって、花も太く逞しい茎を水から突き出して空中に咲いている。水に浮かぶというような睡蓮にふさわしい優雅な光景はまったく見られない。水中には、三十匹ばかりの小鮒と、十匹ばかりの駄金が住んでいるのだが、なかに双児かと思われる二匹の雄の金魚がいる。安物のビルの玄関口でよく見受ける人造大理石に似た乳白色と濃紫と赤との斑らで全身が被われている。細身の身体の三分の一は尻尾で、それを強力に、またしなやかに揺り動かして素早く泳ぎまわっている。別に、これ等とほぼ同長でバーミリオン一色という田舎臭い雌の駄金がいる。これは三糎くらいの稚魚のとき夜店の金魚屋の釣堀でしゃくい、ビニール袋に入れて持ち帰って放した五匹のなかの生き残りであるが、健康で腹が太く、顔はおんもりと愛らしくて団子に目鼻と云った風情がある。

前者が後者を、陽のある間は絶えずつけまわして接吻するのである。私の見ているかぎり一瞬も休むことなく、彼等は入れかわり立ちかわり赤の尻を追いかけ、執拗に頬っぺたを撫で、頭を赤の下っ腹に擦りつけ、大きな尻尾を利用してくねくねと右に廻り左に廻りしながら、その都度嫌らしく全身を赤の脇腹や尻に接触させるのである。下方から頭でこづかれて、赤が水面に半身を乗り出し、横体になることさえある。これでは皮の薄い下腹が擦り切れやしないかと思うほどで、見ていて苦々しい光景でもあり、赤が哀れでもある。時には別のところに移してやろうかと思ったりするが、しかし五月蝿そうに逃げまわっている赤の方も案外無智淫乱で、実は嬉しがってやってるのかも知れぬと考えれば馬鹿らしくもなるから、焦々しながらも手をつかねているのである。他の鮒や金魚たちは、習慣でそうなるのか、この醜悪な三匹を先頭にたてた形で、列をつくって池のなかを陽気に走りまわっている。

時には醜交の末に、赤が逃げ場に窮して、睡蓮の鉢の浅い縁を越えて、密生する葉の下に隠れようとすることがある。しかし斑金は執念深く追尾し、跳躍してほとんど同時に葉の間にもぐりこむ。結局三糎そこそこの水深では自由がきかないから、葉と花とを劇しく揺すって暴れるだけですぐに飛びだすのであるが、時に静かになるのでよく見ると、三匹とも葉裏ひたひたに横っ腹を出して長くなり、口をパクパクやりながら休憩していることもある。この景は、子供が畳にひっくり返って、眼を見開いたなり天井を眺めている姿によく似ている。蓮の葉を掛け蒲団がわりに使っているようで余計馬鹿馬鹿しくもなる。――馬鹿らしいか、馬鹿らしくないか、どっちか知らぬ。ただ眼をそらすことはできないのである。

去年の八月三十一日には人間の接吻を上野博物館のなかで実見した。

私は平生めったに上京することはないが、上京すればブリヂストン美術館と博物館とには必ずと云っていいくらい寄る。しかし一方だけで帰ることもある。地方に居て、百貨店や美術館での特別展の広告や紹介を新聞で読んで東京住まいの便利さを羨むことは毎度だけれど、実際に上京してプラットフォームの凄じい雑踏にまきこまれたり街頭に充満する汚れた空気や刺戟的な騒音にとりかこまれたりすると、それがそのまま持ちこまれているような会場を頭に描いて一瞬のうちに勇気が沮喪するのである。そして脚は自然に、何時も人影まばらで空気の冷えたこの二つの建物に向かってしまうのである。

この時は、まず前日の三十日の午後上京した機会をとらえて、友達との待合わせにブリヂストン美術館入場券売場前の白大理石ベンチを思いつき、その旨を電話で約束しておいて、東京駅に下車するとそのまま直行して館内に入った。そして最初にセザンヌの「自画像」と「サン・ヴィクトワール山」の前に行って挨拶したのち、しばらく佇んで見惚れていた。それから中央の椅子に腰を下ろして再び遠くからゆっくりと眺め、やがて得心のいったところで再び立ちあがって、この二つの傑作とならんで掛けられている私の大好きな、涎の出るほど大好きなサムホール大の静物画に近づき、顔を寄せて見入った。粗末な染付けの白い湯呑み茶碗とブリキ製の汚れた筆洗い筒とが、横にならんで、他の何物でもない姿でそこに描かれている。画面全体を、沈んだ、青味を帯びた調子が支配している。その静けさと沈黙の美しさは、形容の言葉もない。

私はこの三枚のセザンヌを見終わると、いつもそうであるように何となく安心したようなホッとしたような落ちついた気分に帰り、その後は時間の許すかぎりゆっくりと、要所要所で立ちどまりながら館内を廻り歩いた。そしてやがて約束の時間が近づいたことを知ると、私は、これもまた数年前から自然にきまった順序に従ってもう一度この小静物画の前に戻り、三十秒ほど眺めたのち心に別れを告げて廊下に出た。五分ばかりすると友達の姿が入口に現れ、階段を登って近づいて来た。

翌日の午後は博物館を訪ねるために上野駅北口に降りた。改札口を出て文化会館前の道路を横切ったとたん、それまでの鑑賞と沈静を求める謙遜な心持ちが急変して、何かを追い求めるような慾深な気分となり、眼の力が不可避的に膨れあがった。この変化は、最初のころは無意識であったのだが、あるとき同行した友人から私の瞳孔が開いて瞼裂が開大することを指摘され、自分でも脈搏が強まることを認めて以来自覚するようになった。精神が昂揚するにつれて体内でのアドレナリン分泌量が知らずに高まるのである。私はこの現象が自分の田舎者のせいであることを感づいている。直接の原因もわかっている。平生実物の所在も知らず、見ることも諦めていた絵画彫刻の傑作が、無愛想な本館の思いもかけぬ場所に、当り前の陳列品として置かれているのをみつけたというかつての喜びの経験、そして今そういう発見を行く手に期待することが必ずしも徒労でないという予想、あのとき一度出会ったきりのあの素晴しい絵巻きが再び眼前に現れるかも知れぬという願望、かくして見得た「秋草文壺」「雪舟秋景冬景山水図」その他の記憶、それらがいちどきに頭につまり、肉体を突き動かすのである。この結果として、文化会館前に据えられた安井何とかいう人の胸像の醜さが、ほとんど憎悪の感情で眼に飛びこんでくる。また垣根越しにみる西洋美術館前庭の「カレーの市民」の群像が、自分の顔のゆるむのがわかるほどの安堵と、それからヒステリックな懐しさで私の心を揺するのである。

この日もまた、そのようにして私は駅の北口を出、西洋美術館の鉄柵に沿って歩き、森の小道を抜けて博物館に入って行った。自分の乏しい体力と能力の配分をあらかじめ考えて、私の主目標は何時も陳列に変化の多い絵画室に向けられるのであるが、しかし平生田舎住まいの身の上に思いが及ぶとつい分不相応の慾に負けてしまって、いざとなれば私はあの広い館内に充満するケースのひとつひとつの前に立ち止まり、その結果として脚力を無駄に消耗してしまうという愚を繰り返しているのである。そして何時ものように、私はやはり余計なこととは知りながら、左手の古風な表慶館の階段をのぼって洞穴めいた無人の陳列室のなかへ入って行った。

がさがさと埃っぽく乾燥し、無愛想に石膏で白く継ぎ合わされた土器や、何の風情もない石棒と云ったような考古資料が、薄暗く冷えた空気のなかに沈んでいた。鎌倉期の美しい印花古瀬戸瓶子が、ただの骨蔵器という説明札をつけられてケースの片隅に置かれていた。私はやはりその前に立ってじっと眺めていた。――これが百貨店や美術館に展観されるときは、計算された寸法の台の上に一個だけ据えられ、工夫された人工照明のなかに浮かびあがって、愛好者の前に提供されるのだと思った。私も何回となく、そういう場所でそれに見惚れた。――いま売薬に糖衣錠というのが氾濫しているが、あれは糖衣錠、これは草根木皮だなと思った。私はそんなことを頭の隅で考えながらその場を離れ、やがて思い直すと歩をかえして表慶館を出た。

本館左手の奥の小仏像室に足を踏み入れた瞬間、視野の端に入った金銅仏をチラと認めて私の胸が騒いだ。それが数年前に奈良博物館で一度だけ出会った鶴林寺観音に間違いないことは明かであった。彼女は、あの愛らしくふくれた横顔を正面に向け、細身の腰を僅かにひねり、片腕の手首と片腕の肘から天衣を流れるように垂らして、硝子ケースの中に立っていた。――あの時は閉館まぎわの雨の午後であった。窓近くまでのびている松の枝から、前夜大量に撒かれたという松毛虫退治用の殺虫剤が白い雫となってボタボタ垂れ、地面の浅い水溜りを分離した粉が白く縁取っていた。私が薄暗い室の中央に据えられて艶かな肌から僅かな光りを反射させているこの優雅な小観音のまわりを何回となくめぐり、しかしいくら眼を凝らし顔をおしつけても硝子をへだてて茫とした彼女からはこれと云った返答も得られないまま、半ば絶望して焦れていたとき、突然西日が窓外に射してあたりが一気に明るくなった。そして部屋じゅうに遍満した光りが、この金銅仏の全身をくっきりと細部までうつし出したのであった。——しかし今、東京の博物館のなかで、彼女は私が近寄るまえに、もう自分が偽物であることを曝露していた。それが流行のプラスチック製の型取り像であることは遠目にも明かであった。凹凸が外から押しつけられてカサカサに乾き、光りは表面の薄皮のところで反射していた。光りの一部を吸収しながら内側から湿り気をふくんで浮かびあがっていたあの滑かな肌色はどこにもなかった。完全に死んでいた。

接吻男女は一階の休憩室の真中にいた。

型取り観音に失望して部屋を出ると、私はいったん玄関に戻り、それから陶磁室に入って行った。半年ばかり前から据え置きになっている平泉金鶏山出土の灰釉刻文壺を丹念にのぞきこみ、しかし目ぼしいもの以外はできるだけ瞥見程度ですませた。そして順路を逆に、刀剣、鎧と通り抜けたのち、コーラでも飲んで一服しようとしてその休憩室に入って行ったのであった。

男女は、両方とも油気の抜けた髪の毛を長くのばしていた。男は短い赤シャツを着、細い紺ズボンをはき、ぶかぶかのズック靴をはいていた。女は黄色いシャツを着、白木綿の細ズボンをはき、サンダルを爪先きに引っかけていた。そして彼等は一塊となって抱き合っていた。売店のおばさんは顔にひるんだような曖昧な表情を浮かべ、壁によりかかって立っていた。

私はやはり度胆をぬかれた。しかしもちろんそのまま通り過ぎる気にはなれなかった。私がカウンターの前に立ってコーラを頼むと、おばさんは黙ったまま罎をとり出して栓を抜き、ストローを添えて私の前に差し出した。私はそれを持って彼等から二列ばかり離れたベンチに腰を下ろし、煙草に火をつけて眺めていた。

彼等のすることは、私がかつて不動滝で実見したものとほとんど瓜二つであった。そしてやはり全く落ちついて私を無視していた。相手の髪の毛の間に指を入れて掻いたり絡ませたりしていじくりまわし、鼻がつくくらいの距離で互いの眼を見合いながら首筋や頰を撫で、その合間に他所目にも気のなさそうな短い接吻を繰り返すのであった。二部屋ばかり離れた江戸衣裳の陳列室あたりから声高に喋舌りながら入ってきた二、三人の若い女子学生が急に立ち止まり、気をのまれたように黙って顔を見あわせ、私の方をチラと眺めながら足早に立ち去って行った。これはテレビの反応場面と符合していた。

私はこのあいだにコーラと煙草一本を間なしに飲み終わった。そしてすぐ立ちあがって廊下に出た。つまり慌てていた。彼等は私を無意識に圧迫していた。

私は再び玄関ホールに戻り、それから第一の目標としてきた二階の中世絵画陳列室に入っていった。中央のケースに室町期の道成寺縁起絵巻の一部が繰り広げられていた。鋭い魅力を放つ絵ではなかったけれど、今の私には充分の興味が感じられた。多くの優れた物語絵巻きの背景となり見所となっている生き生きとした群集庶民の生態は捨象され、美男の僧を恋慕して追いかける女の姿態だけが、経過に従って右から左へと展開されていた。打ち掛けを頭からかぶり、裾をひいて歩いているふっくらとした可愛い女の脚がだんだんに速歩となり、やがて彼女は双手で摑んで引っぱりあげた裾の下から膝小僧を剝き出して大股に走りはじめるのである。そうして第五景くらいのところで追いついたと思うと、次の場面では笈を放り出して逃れようとする僧の背後に迫った女の相好はすでに変形しはじめていて、鼻と口とは異様に突出し、横に切れた厚い唇からは一筋の朱色の焰を吹き出しているのであった。それは如何にも獣的に、また哀れにも自己没入的にも見えた。

——彼等は刺戟的ではあったが、没入的でも肉体的でもなかった。鼻も口も突出してはいなかったと私は思った。絵巻きを見終わり、次の小室の硝子戸のなかにかけられている桃井直詮坐像の小幅をのぞきこみながら、私はそう考えていた。ひとつおいた隣りの壁面に、同じ室町期の、同じ大きさの、同じような恰好に脚を組んだ益田兼尭の坐像が下げられていた。この二つの風貌のよく似かよった武将の穏かな肖像画は、沈静した生気と強い力とを内蔵していた。

――とにかくあれは本気だか嘘気だかわからない。糖衣錠みたいなものだ、と私は思った。私は目前の絵に惹き込まれながら、しかし頭の半分を邪魔している接吻男女の姿を反芻していた。

思春期、青年時代の私の心の底に盤踞し、老年の今に至ってもなお立ち去ろうとせぬ頑な未練の念がある。私はどんなに女に喜ばれたかったろう。どんなに女たらしになりたかったろう。私は貧相な肉体と金銭的不自由と劣悪な容貌の意識で四六時ちゅう圧迫されていた。そしてそこから生み出される劣等感をカヴァしようと試みて、非協調的な態度を誇示し続けた。友と歩くときは幻滅を怖れてショーウィンドに映る自分の影を見まいと努力し、一人になると鏡のなかで顔の向きを変えたり、表情を工夫したりして時を過ごした。たまには自分でマシだと感ずるような顔が鏡にうつることもあったが、しかしその顔を持って若い女と同席する場所に出れば、かならず現実の苛酷を思い知らされた。写真をとる度に、私はどんなに失望落胆を繰り返したか。如何に女の錯覚と寛容を願ったか。

私は接吻男女を見て馬鹿らしく思い、その感情が嘘でないことを自覚しながら、しかし一方では彼等の双方がその頃の自分に劣らぬ醜い容貌であることを確めて、彼等お互いの妥協に羨望の念を圧さえることができないのである。そして今となっては自分の顔について女から一言の世辞らしい言葉も期待できず、また勿論すすんで接吻を求められる望みもなしに自分の生を終わる他ないことを未練に思うのである。同時にまたこういう未練を齢甲斐もなくおのれに口走る自分の痴愚を滑稽に感ずるのである。

教科書を開くと老年痴呆の状が歴然と記されている。もの忘れ、思考力判断力の低下、人格の低下、自制心の欠落、高等感情の鈍麻がそれである。いったん衰滅したかにみえた性慾が不意に亢進して、周囲のものに予想もされなかったような破廉恥な性犯罪的行為をひき起こすのは、この抑圧の剝げ落ちた痴呆期に於いてである。――私にこの芽が潜んでいる。徐々にそこに近づきつつある。

休憩室にいた接吻男女が何時二階にあがってきて、何時私の後ろを通り過ぎ追い越して行ったか、私はまったく気づかなかった。彼等は接吻さえしていなければただの一対の観覧者にすぎぬのだから、私の注意を惹かなかったのは当然でもあったろうし、私の方もまた、右手のケースに永徳山楽の襖絵、左手のケースに大雅の楼閣山水屏風というふうにくり広げられた中世近世の絵画大室に足を踏みこんでしまうと、またしても別個の慾望の膨れあがるにまかせてせかせかと歩きまわったり、横這いに歩を移しながらうわのそらで硝子戸の中をのぞきこんだりして、われを忘れていたのでもあった。

しかし、やはり私の脚と頭はもう肉体的に疲れはじめてきていた。中身の濃い、その前に立つだけで全力を要求されるような対象を次々と求め、短い時間のうちに根こそぎ取りこむことを一種の義務として自分に課する貧乏性、娯しみを力試しの真剣勝負みたいなものに変えてしまわずにいられない悪癖、いつのまにかそういう気持ちにはまりこんでいる自分に私は嫌気がさしはじめていた。

——あとは書跡の部をざっと見るだけだ、と私は思った。あそこなら手に余るようなものは滅多に出ていないから気が楽だ。第一鑑賞力に自信がないから無責任で済む。そのまえに現代絵画のところのベンチでゆっくり休んで行こう、あそこもあまり期待しなくて済むと思った。すると冷房を充分に吸いこんで冷え切ったレザー貼りの寄りかかりの感触が、私の背に快く蘇った。私は浮世絵、漆器、蒔絵と、それぞれ入口から出口に直行するというやり方で抜けて、目的の広々とした陳列室へ入って行った。

かの接吻男女は、床の中央に背中合わせに据えられた淡緑色のベンチの真中で抱きあっていた。前とまったく同じ恰好に組み合い、前とまったく同じ動作を反覆していた。私は平たい横長のケースをへだてた別のベンチに腰を下ろし、その様を凝っと眺めていた。果てしなく、飽きもせず、彼等は互いの頭をいじくり、凝視めあい、唇を僅かに動かして何かちょっとささやいたかと思うとその口で短く接吻し、また頰を撫で、それを繰り返していた。そしてこの同一所作の繰り返しは、彼等がただ機械的接吻行為だけを目的として博物館に来たことを示していた。理由は多分冷房が行き届いて涼しいこと、云いがかりをつけそうな人間の出入りしない場所であることが主な原因であろうと思った。私はもうどぎまぎすることもなしに、何となく白々しい気分で凝っと彼等を眺めていた。眺めつづけていれば倦きた。しかし顔をそらせても、視線の隅は彼等をとらえていた。腹のなかで千載一遇だと思っていた。

彼等は依然として落ちつきはらい、いかにも恋愛に没入し、自信あり気に見えた。しかし自分はそのつもりでも実際の中身はなく、すべては始めから何かの実演になっていた。無意味な表現をすると思った。私は心を残して、立ちあがり、残りの二つの書跡室をうわの空で見て外へ出た。

私は表慶館裏手の人影のない芝生に転がり、全身が樹陰にかくれるように寝そべって、明治初年に奈良十輪院から移築されたという経蔵を眺めていた。立札に一間四方と書いてあるが、校倉造りだからひとまわり大きく見える。一年ほどまえ、法隆寺館が木曜日しか開館されないことを知らずに来てあぶれ、かたわらの樹立ちの奥で偶然この美しい小建築を見つけた。それ以来、入館する度に欠かさず訪ね、親しい友と向かいあっているような気楽さに身を浸したしながら、自分の小発見を自分に誇ることを習慣としているのである。

数年まえのある日、私は何気なしに下りて行った本館地下室のがらんとした片隅で、どこの国のものとも知れぬ平べったい柱のような女の立像に行きあたって胸を轟かせた。衣紋の襞はずんべらぼうに省略され、首も両手も欠け、しかし双の乳房だけを細く引き緊まった胴の上方にはり出して、灰色の石の彼女は立っていた。それが十一、二世紀のカンボジヤの女神像であることを私は館員に教えられた。

神田の古本屋でボッシュを「発見」したと思いこんで恥をかいたこともあった。そんなものはもう何年も前から今評判のダリやその亜流たちの御手本になっていると聞かされた。それにしては今のシュールは楽天的だと感じたが、とにかく自分の無智を恥じた。十輪院経蔵も大きにその類かもしれぬと思いながら、とにかく今は見惚れているのである。

頭の上の偽アカシヤの木の股に飛んできた鳩が、丸い身体を左右に小刻みに揺すりながら、柔く籠った声で呟くように啼いていた。刈りたての芝の葉先きがワイシャツを通してチクチクと背の皮膚を刺した。冷たい風が頬を撫で、頭を断たれた雑草の切口が、その断端にたまった汁から強い青臭を放っていた。先刻から南の方角でドーン、ドーンという間のびした太鼓の音が絶えず聞こえていたが、やがてその合間にワッ、ワッというような喚声が入り混じって来て、いまは不規則な騒音となってひと皮向うから耳にとどいていた。広場の噴水のあたりらしくもあり、またもっと近いところからのようにも思われた。

——前に成人映画で、うんざりするくらい同じ恰好をしてみせる模擬性交場面を見たことがあった。あれは催情用、さっきのは自己納得用のちがいがあるだけで、何かをなぞっている点では類は同じだなと思った。すると私の頭に、これは或る種の小説にも、またあのプラスチック製の観音にも、よく似ているという考えが浮かんだ。小説理論がなければ小説にならないと思いこんでやっていると、ああいう肉体肉感抜きのものができあがると思った。他所から仕入れた型菓子を作ることは楽だが、自分で菓子だと信ずる菓子を作ることは楽ではない。なかには、他人に菓子の説明をしておいて自分は奥で酒を飲んでいる人もある。

「だが、このおれは腹の奥では、立皺に囲まれたこの唇を突き出して、型でもいいから誰かに接吻してもらいたいと祈願している」と私は思った。

「何て好い気なものだ。ああ、ああ、ああ」

蹌踉たる足取りで私は博物館の門をくぐり、自動車道路を横切って広場の方に出て行った。先刻からの喚声が急に高まり、太鼓の音がせわしい刻み打ちに変ってきていた。三十一日か、そうか前日祭か、と私は思った。騒ぎは右手の一段さがった都美術館から湧きあがり、それがかねてから耳にしていた二科会のデモンストレーションにちがいないことを示していた。私は歩を早めてそちらの方に近づいて行った。

広場から美術館へ下る坂上の左右の樹立ちの陰に、見物人が陽を除けて群がっていた。彼等の頭の切れたところから、張りぼての巨大な白い人形の首がこちら向きにのぞいていた。そして私が彼等に混じり、道端の木の根に片足をかけて美術館前の通りを見下ろしたとき、遽に鬨の声が挙って、正面の広い階段からストリップまがいの、九分通り裸体の若い女が、長い脚をのばして十人ばかり駈け下りてきたのであった。

しかし彼女等は、下りては来たものの、明るい太陽の下で自分の居場所を決めかねると云ったふうに固まって、全身を褐色に塗装して銀紙貼りの槍をかかえた蛮人仕立ての画家の卵らしい群の方には一向に近寄ろうとしなかった。

道路をいっぱいにふさいで、胡粉塗りの真白い張りぼての裸女大仏が胡座をかいてそびえ、その頭のてっぺんに貼りつけられた黄色い短冊形のビニールテープが、道を吹き抜ける風の強弱に従って、勢よくなびいたり、無恰好に垂れ下ったりしていた。太鼓の音は、彼女の尻の下の高い台座の後ろの方から響いていた。ベレー帽をかぶった長身の画描きらしい男が、階段の上をあちこち動いて掌をラッパにしてしきりに指揮しているが、下の方をうろついている連中にはよく聞こえないらしく、蛮人姿の彼等は、一部が横に整列してみたり、一部がかたまって間歇的に気勢をあげてみせたりして、絶えず不規則に動きまわっていた。別の合図か何かで台座によじのぼって行った二、三人の裸女が、そのまま恰好がつかなくなって、ぐずぐずと下りてきて、再び仲間の方に戻ったりしていた。彼女等はときどき新聞の写真班らしい男に引っぱり出されて蛮人のあいだにまじってポーズをつけられていたが、何となくテレ気味で、撮影がすむとさっさともとの隅に戻って行くのであった。

——突然エレキギターとドラムの響きが、特有の強いメリハリに乗って、大仏の首の向こう側の右手の方から湧きあがってきた。だが次の瞬間、音量は一気に増幅されて割れ鐘のように破裂し、強い振動をともなった轟音と化して私の耳に突き刺さってきた。そしてあたりの空気をまきこむように攪拌しつつ、空に拡散しながら鳴り響きはじめた。知らぬまに、美術館の広い石段のうえにエレキバンド数人が現れ、彼等は太い円柱の列の間に立って上体を振りながら演奏をはじめたのであった。

熱気が、いちどきに眼の下にたむろする若者たちを摑んだように思われた。同時に自分の全身が強烈なリズムに駆られて否応なしに昂揚し、生気に満ちてくることを私は感じた。頭の隅で、私はウームと思った。全裸に近い女が、さきほどと見違えるような大胆さで台座に飛び乗ってゴーゴーを踊りはじめ、青年たちがいっせいにその方に向きを変え、女大仏の裾に沿って槍をさしあげ、跳ねまわりだした。そして合間合間にワッワッとでたらめな狂声をあげつづけた。女大仏の頭から海草みたいに垂れ下がったセロテープが風でゆらぐと、それがあたかもエレキの爆発音に反応して自発的に生きて波打っているように見えた。私は半ば呆然として、胸を吹き抜けて行く爽快な感覚に身をまかせて立っていた。

午後の半日を雑用ですごし、終列車に乗って夜半に帰宅した。風呂を浴びウイスキーを飲んで床に入ったが、疲れたせいか、うまく眠ることができなかった。

接吻男女、二科前日祭、それと入り混って博物館の古画やセザンヌの画面が、残像となって打ち重なり、あとさきなしに脳裡に浮かびあがって止めどもなかった。齢甲斐もなく電気エレキに浮かれて帰って来た自分に苦笑も湧いたが、一方に快感も残っていた。ああいう蛮人まがいの連中が、おれのわからない絵や彫刻をやみくもにでっちあげて昂奮しているのだな、と思った。

——それにしても近ごろ流行の破壊的前衛芸術というのはいったい何なんだろうと云うようなことを、呆けた頭の隅で私は考えていた。とにかくあれは純粋芸術ということになっているらしいけれど、実は何となく印象が不純だな、というようなことを考えていた。具象を捨て去っているのだから、見る方は夾雑物から解放されて自由となり、純粋に造型的なものだけを感じ得るはずなのに、実際にそれに接するとむしろ理屈みたいなものが先行して人を縛ろうとしているように思われる。作品でものを云おうとせず、力んだ題名で補塡しようとする。悪く云えば威嚇しようとしている。そしてそういう、それ自体としては何の意味も価値もないものを、批評家が空な概念語を濫発して解説したり褒めたりして気取っている。はたから見ると随分滑稽でもあるが、また馬鹿らしくもある。

——つまり善意に解すればあれだな、と私は思った。あれは第一次世界大戦後のダダイストたちがモナリザの写真に髭をつけて展覧会にならべたのと全く同じことをやっているのかも知れない。歴史的くり返しだ。カンヴァスに絵具を塗っておいてナイフで切り裂けば、それがモナリザの髭なのである。そうしておいて「これが真の絵画だ」と突きつけてみせる。その破壊冒瀆行為に意味があるのだ。つまりそれが制作のモティーフであって、出来あがったもの自体は、過去において何物でもなかったと同様に現代においても何物でもないだろう。それらは一様に頽廃したのち虚しく消える。

——しかし、私は思った。ダダイストを突き動かした半ばヤケッパチの衝動は、真物だだからその行為だけは、おれみたいな人間にまでちゃんと記憶されている。

アングラ劇場というのもこれと似たものかも知れない。そう考えないと、どうも理屈に合わない。つまりモティーフは現在の芝居という通念の破壊にあるのだから、自分たちのやることは、それと反対、もしくはそれに遠ければ遠いほど、出鱈目なら出鱈目なほど、いいわけである。従って脚本なんかどうでもいいし、役者は素人にかぎるということになる。歴史や政治や芸術に色目を使えば必然的に堕落する。何かを生み出すという運命は持たず、あるときエネルギーが尽きて雲散霧消するのである。

そうなると、終点のない破壊行動を無限に続けているゲバ学生なんかもこの部類に入れなければ不公平になる。結実不能の未来に向かって虚しくエネルギーを注いでいる学生たちは、しかしただそのことだけで記憶されるにちがいない。——とにかく、前衛芸術家もアングラもゲバ学生も、彼等は一様に行きづまり、頽廃し、脱落して消え去って行く運命を荷っていることに間違いはない。

——どうも妙なことになったな、と私は思った。こういうアナーキスチックで埒もないことを、うだうだと考えて自らを慰めているのが、つまりおれの独善的気質と動脈硬化の一徴候なのであろう。それはちゃんと教科書にも書いてある。ひとに云われたこともある。

私は眠ることはあきらめ、床をはいだして煙草を一本吸った。それから思いきって下駄をはいて戸外へ出た。玄関の前の池の畔においてある陶製の榻《トン》に腰を下ろすと、表面に溜まった夜露で尻が濡れた。そこでしばらくじっとしていた。

明けがた近い中都市の空にネオンの反射光はなく、乏しい星明りにぼんやりと隈取られた庭木が高くかぶさるように東側を区切って、私の身のまわりをいっそう暗くしていた。空気は冷え、街全体はまだ深い眠りのなかに沈んでいて、国道を走るトラックの響きだけが、家並み一区画の向う側から、かすかな地鳴りをともなって連続的に伝わってきた。

天竜川沿いの田舎から二階家をここに移築して二十年余りになる。終戦直後の継ぎはぎだらけの建築だから、度々のペンキ塗り替えで外見だけは保っているが、窓枠や軒下の部分などは腐ってささくれだっているのである。

引き移ってきたころ庭の隅に実生で芽を出した桜が今は四米余りに伸び、同じとき家といっしょに持ってきた小さな屋根門のうえに枝をさしかけて年々白い花を咲かせている。苗木で買ったユーカリは七米余の大木となって、密生した硬い葉が冬も一団となって東側の陽をさえぎっている。

一方で、もとの家から移植した庭木は街の土になじまず、また汚れた空気に蝕まれて滅びつつある。夏蜜柑は年毎に葉数が減り、実は早く落ち、つつじの類は痩せて枯枝を詰めるたびに縮小して行く。乙女椿は申しわけ程度の新芽が出ただけで落葉ばかりが続き、今年はほとんど枯木となった裸の満身に、老女の厚化粧という言葉そのまま、カサブタのような無数の八重の花を、びっしりとまとい、やがてそれらは枝にとまったままで錆色に腐ってぼたぼたと地に落ちて行った。四日前には表門の柱のわきで枯死した老松を根元から切った。

わが家の庭木は、こうして松からユーカリへ、紅葉からニセアカシヤへ、錦木から八つ手へというふうに、用捨なく交替しつつあるのである。だからどうしようというわけではない。植物は変身することができず、脚もないから、我慢して死を待っているのである。

――池の底の方で何か動くような気配がしたので、私は眼をこらして脚もとをのぞきこんだ。はじめは気のせいかと思ったが、やはりそうではなかった。この春湖に近い農家からもらってきて放した二、三十匹の小鮒の群が目覚めて動きだしていたのであった。顔をあげて見ると東の方の空の星影が薄れているようにも思われたが、しかし身のまわりは依然として夜であった。暁闇というのはこれか、と私は思った。

鮒は、表面にぼんやりと空の反射を浮かべた水の底の方で動いていた。形が見えるわけではなかったが、時折り水面近くまで来て身を翻して素早く方向を変えて潜って行く、その拍子に腹が鈍く白く光ることで所在の見当がつくのであった。彼等は比較的深い一個所にかたまって、せまい範囲のなかだけで活潑に泳ぎ出しているらしかった。そのあたりを私は眼を凝らして倦かず眺めていた。夜の明けるのが惜しかった。金魚なんか出てくるな、と心に思っていた。

山川草木

私は遠州に住んでいるが駿河生まれだから、この両方を流れる川に親しみを持っている。遠州灘に注ぐ天竜川、太田川、菊川、それから駿河湾に入る大井川、瀬戸川、安倍川と云った類である。もちろんこれらは河口での名前で、例えば安倍川は中流に中河内川と藁科川をかかえこんでいるし、その藁科川だってのぼれば玉川としか云わぬから、奥へ入ればいちがいに安倍川と云っても土地の人には通じない。そのうえこれらの川はみな、水源に近い山中まで深く遡れば、京丸、黒法師、不動、大無間、小無間と云った南アルプスの山々をめぐって毛細管のように分枝し、末端で互いに結合している。つまり彼等は最上流ではお互いに水を分けあっているのである。焼津港に注ぐ瀬戸川などという、私の故郷の町藤枝を貫流している小さな水無し川でさえ、実際に遡上してみるとちゃんと水が現れ、行けども行けども急流の渓谷で、どんづまりに近い滝の落ちているあたりでは大井川につながる細流と水を分けあっているという次第である。

何故こんな愚にもつかぬことを書いて小説の名を冠するかというと、斎田捨川という愚な批評家を不愉快にするためである。

こんな山奥へ私みたいに体力も機動力もない人間が行ける理由は、このごろ急に道路が開発されて自動車が思いもよらぬところまで入りこめるようになったからである。何時かこの中都市での旧い商家の主人と相乗りで、三時間ばかりのさもない山中の部落を通りかかったとき、この人は満州事変のころ二日がかりでここの山持ちの娘を見に（つまり嫁取りに）来たことがあると云った。もちろんそういう部落の住人までが道路と同じく現代化しているわけではない。また部落と云ったところで聚落があるのではない。家は道から遥かに見あげる山の急斜面のそこここに、茶畑や僅かの畑にかこまれて散在しているだけである。何で食っているかと云えば、私の出入りする駿河遠江ではもう炭焼きその他の山仕事は駄目だから茶とそれから椎茸の栽培である。季節によっては、谷に下りて沢蟹を獲って生かして置くと高級料理屋の仲買いが買いに来るからいい現金収入になると云った人もあった。その男が「このごろ山に狐が殖えて悪戯して困る。小綬鶏が繁殖して、あいつはのろいので好い餌になるらしい。狐と一緒に鉄砲うちが入りこんで危くてしようがない」と云った。私も一昨年の二月、その辺をぶらついていると急にドカンという音がしてパラパラと散弾が降ってきたので驚いたことがあった。

そこは大井川支流の奥のナギ部落のカミハトリというところで、あたり一帯まったくの山あい山陰のじめじめした薄暗い場所であったが、姓は鈴木と田中のふたつしかなく、五十戸のうちの四十戸が啞、畸型、精薄の家族をかかえて未だに外部へは一人も人を出さず、外からも人は入らないでいるという話であった。せまい谷の両岸には厚い氷がへばりついていて、切り立った山肌は四日前に降ったという雪で斑に覆われていた。

天竜の支流水窪川の東、長野県との県境に近い山住神社の社家は、山の麓の細い谷川に沿った道から規則正しく密着して積みあげられた二段の高い石垣の上にある。修験者や講中の通った道だから、左右は多少開けていて、乏しい平地や山腹にも田はつくられ、十一月の上旬頃なら陽当たりのいい湧水の流れ出る浅い溜りは柔い芹で埋まっている。枇杷の高い梢にかたまって白い細かい花が咲いている。刈入れのすんだ田の濡土の表面には点々と無数の小孔もうがたれている。大きめの穴はザリガニの巣だが、小型のやつは泥鰌の穴だから、黄色味がかって腹に膏の乗ったのを掘り出してビニールの袋に入れて持ち帰ることもある。二、三年まえ社家に寄った次手に山犬のお守り札を買ってお茶の御馳走にあずかったことがあった。粗末な着物をきた奥さんが縁側に小学二年くらいの子供を腰かけさせバリカンで頭を刈っていたが、しばらくすると百姓が二人腰をかがめてやってきて、一人は広い土間を裏の方に入って行き、一人が奥さんの小さな風呂敷包みと洋傘を持って二人を先きにたてて供をして出て行った。水窪の町へ買物に下るのだということで、こういう信仰上の主従関係は、道が広くなればじきなしくずしに消えてしまうだろうが、今はまだ踏襲されているのである。

山住神社は孤立した一一〇〇メートルの峯の頂上のせまい空地にあるため、建物はみな小さく風雨に荒れて、本殿をいれても三棟しかない。空地の大部分は杉の巨木で閉されているから空は見えない。西は崖、北は間近い隣り山にさえぎられて暗く、わずかに南側の隅の彼方に打ち重なる山並の合間から遠州灘らしいものが望見されるくらいのものである。崖の中腹と境内のまんなかに二本ずつ、高さ約五〇メートル目通り直径約三メートルほどの巨大な杉が蟠踞している。葉穂が太く豊富で、樹齢は千年くらいと云うが、樹盛はいかにも旺盛で見事である。うち三本には下から一〇メートルばかりのところにムササビの出入口がある。大きさは拳大で、離れて見ても孔の縁と周囲のところが少し光るような具合に滑かになっているからそれと判るのである。

昨年の秋半ば、祭りの過ぎたころ登ったときはひどく寒くて、本殿のむかって左手にある二階建ての住居に、三年まえからぐずぐずに住みついたという麓の氏子の老人が一人だけ炬燵にもぐって寝ていた。八十五歳になるということで顔じゅう長い白鬚だらけの余命いくばくもなさそうな爺で、低い天井にビニール袋を七つ八つぶらさげて、「それは何だ」と訊ねると茸と漢方薬だと云った。手前の便所と水飲み場のような小屋の棚に、木樵りが尻にあてがう鹿の皮が三、四枚つくねてあった。寺宝の日本書紀三十巻を見たかったのだが、これではどうにもならずに引き返した。

林道の途中の断崖のガードレールが、落石のためいたるところで千切れたりひしゃげたりしているのには冷や冷やしたが、視界がひらけて眼下に青い山々が遠く重なり、脚下から一気に急斜面で下る真下の深い擂鉢の底さながらに黒ずんだ日陰の部落を、細く白く谷川が縫っている様を眺めると、一種の哀切に似た情が湧いた。

露出した白い岩肌に楓、ドウダン、櫨の類がびっしりとへばりつき紅葉して陽を受け、そういう屏風を立てたような満山つづれ錦の岩山のまわりの青空に半月が白っぽく薄く浮いている。車をとめると急に慢性的に耳を聾していたエンジンの音が消えてあたりが本来の沈黙に帰り、脚もとのすがれた花をつけたナナカマドや、白い花房だけを残して葉の縮れた虎杖の叢から、盛な虫の音が湧きあがってくるのであった。

すこし前までは樹齢五百年とか千年とかいう巨木に興味があった。興味を持つと云うよりは、まるで追っかけまわすように尋ね歩いて、その下に立って全身にふりかかってくる冷たい霊気みたいなものに浸ったり、鉄骨のように分枝した太い梢を見上げて威圧され力づけられたりすることによって、自分にもよくわからぬ精神的安堵の気持ちを得た。利己的に何かを受けとって慰めにしたいような気持ちがあった。このごろはそういう押しつけがましい頑な心根が嫌になった。何時も、何か絶対に打ち克ち難い対象を頭に置いて、それにいどむことで慰められ、同時にそれが何をされようと元のままで決して動きもしなければ変りもしないということを認めることによって安心する、そういう空な所業を私は繰り返してきたような気がしてならぬ。

それが自分の生いたちと関係があると思う。それは本当に嫌なことである。それなのに私は今でも、思いもよらぬ近くに古い巨木があるという人の言葉を耳にはさむと、ほとんど強迫されたような具合にその所在をほじくって飛び出して行くことがある。そして例外なしに疲れはてて戻ってくるのである。

ある日疲れてバスを降り、ごちゃごちゃした日暮れの街なかを家に向かって歩いて行った。短い橋を渡る。ごみの引っかかった浅い泥溝川にかかっている低いコンクリートの橋のまわり、暗い橋の下を、二十匹ほどの蝙蝠がさかんに飛びちがって蚊をとっていた。岸に垂れた二、三本の貧弱な柳の陰や汚れた水面近くを、彼等は倦きもせず往復して上下に舞っていた。橋の下の暗闇に潜ぐって行ったと思うとすぐ引返してくる。その特有のギクシャクとした、蝶々のような飛び方を上から眺めていると、私は一種云いようのない安らかな優しい感情につつまれたのであった。

別のある日、梅雨どき二、三日の雨降りの後の、空気のぼってりと重い曇り日の午後、私は郊外の田圃道を歩いていた。脚下の野川の水が岸の草の根もとまで増水して、伸びた葉を揺すり洗っている。ふだんは灰色の苔や何かの切れ端に妨げられて乏しく動いていた水が一挙に黄土色の濁水に変わり、川幅いっぱいにふくれあがって捩れながら、生きて流れていた。見ているあいだに岸の土が裾をえぐられ、雑草ごと塊りになってボタリと水面に潰れ落ち、そのまま沈んで流されながら、黄色い水に溶けこんで行く。その光景が、私に何となく外に向かって変化して行く生きものを眺めているような解放感を与えたのであった。

　私はこの二月のはじめころ弟を失った。私は六十四、弟は五十七であるから人は何と云うか知らぬが、末弟であったから不憫に思うのである。急激の痛みの発作で十二指腸潰瘍の穿孔として手術したところ、開腹してみたら膵臓癌だったのであるから、本人はそれと知らず、私も十日か二週間の命と観念してその間をできるだけ楽しく過ごさせようと努力した。かと云ってやがて死ぬものを楽しくさせ得る道はないので、彼の好きな備前の舟徳利なんかを持って行って眼の前にかかげて見せたり指を触れさせたりするのがせいぜいであった。麻薬が効いて穏かな表情をしているとき、まぶしそうに眼を閉じて「ナッちゃんね」と私に話しかけた。ナッちゃんというのは弟の生まれる二年前に十三で死んだ私の姉であるから、そんなものは彼の記憶に片鱗もあるはずがない、私は不意を打たれてギクリとした。彼は見知らぬ姉のところへ行く準備としてその名を私に告げたのか、彼と墓の下との間にはもう細い糸がつながったのかと錯覚したのである。実際には弟は多分幼い時分に母からでもナッちゃんという優しい姉の存在したことを聞いていて今ふと口にのぼせたのであろうが、私の別離の苦痛はこれによって増し、また奇妙なことではあるが反対に少しはゆるみもしたのであった。

弟の骨壺を藤枝の代々の墓の下に納め、短い経を読んでもらったのち、私はひとりでそこから田圃をへだてて横にのびている蓮華寺山の方に向かって歩いて行った。山の麓に、山に抱かれるような形で小型の湖がある。町並より少しばかり高くなっているが、もっと河床の高い水無しの瀬戸川の伏流水によってできている湖である。その北側の三沢に葦原と呼ばれる文字通り葦の茂る湿地帯があって、掘ると草炭が出るが、これも伏水の湧いて出る場所である。藪田も草炭のでる湿地であるし、城址につながる水田の真中を占める広い湿地帯の一角を切り石でかこんだ通称瓢簞池からも透明な水は不断に吹き出ている。町なかの小浜清水は洗濯場であり水浴池であった。青池の周囲の深田では板のような田下駄が用いられ、田圃は一枚ずつ異常に狭く区切られていた。私は子供のころ、田植時になると百姓が畦と畦との間に渡された二本の竹竿につかまりながら苗を下ろしている光景を眺めた。池の近くの丘に寄って「湧く波」から変わった古い飽波神社があった。——瀬戸川の水は深い土中に隠れ、私の生まれた町の下で網の目のように分枝し、湿地や池となって地上に現れ、そこから再び細流となって流れ出し、合流しながら海に向かっているのである。これらの池や湿地に弟を連れて行って泥鰌をすくったり鮒を釣ったりし、また泳いだ。

瀬戸川の水源までのぼりつめたいという欲求は十余年前からあったが、もう気力が失せた。瀬戸川の水源と大井川支流伊久美川の水源とは、標高約九〇〇メートルの高根山にある。高根神社の境内から湧き出る水がふたつに分れて、ひとつは伊久美川となり、ひとつは宇嶺の滝となって七〇メートル落下して瀬戸川となるのである。山頂は藤枝の町から遥か北に遠望され、地番はこのごろ流行の市域拡張で藤枝市瀬戸谷九九六四番地である。滝は麓から谷越しに望むことができる。麓と云ったところで勿論深い山中だけれど、そこまでなら自動車が通ずるのでわけなく行けるのである。

去年の九月はじめ自動車に乗って登った。滝は幅約八メートルということになっているが、落差七〇メートルが深い谷をへだてて長く掛かっている関係で、白く細く優しく見える。中空を一気に落ちるのではなくて断崖に沿って滑かに走り下っているから一層そう見えるのである。滝壺は雑木にさえぎられて覗きこむことはできない。身のまわりは、白く細かい花をいっぱいにつけたヌルデ、くねり曲った馬酔木、小豆色の花房を垂らした葛の蔓などで閉ざされ、頭上は、枝をさしのべているウリカエデやクロモジや赤目樫、そしてこれらの灌木の間から高く抜き出た樅や榊や松の大木で空をふさがれている。近いあたりから甘く濃い香が不断に伝わってくるので不思議に思って捜したがそれらしい花木の源をつきとめることはできずにしまった。滝の向こう側の舟ケ久保の山腹から縄文前期中期の遺物が出るというし、滝から一〇キロ下流の宮原からは縄文晩期から弥生中期に渉る土器が発掘されているというから、滝の本来は水系に住む古代人の実利観から生まれた水霊信仰の対象であったにちがいない。高根神社そのものの祭神は、ずっと下って平安末期に修験者が加賀白山から持ちこんできた菊理媛命で、これは黄泉比良坂に現れる神である。禊ぎの神だが死臭をまとっている。

滝から少し逆戻りするような形に山腹を廻って高根山の登り口に出ると、山に向かって鳥居が立っていて、その内側の右手に一本杉と呼ばれる大木が山と相対して聳え、そのまた内側に小さなお堂がある。杉の樹齢は五、六百年か、根回りは約一〇メートル、高さ七メートルほどのところで枝が分れ、枝先きは皆丸く巻いたようになっていて感じが強く逞しい。左手の斜面はべた一面の茶畑で、部落の戸数は五十ばかりである。私が行ったときは、「聖人堂」という額の掲げられたトタン葺きのそのお堂のなかで、十二、三人の老女が弁当を食べていた。彼女等は、他所者の私がその辺をぶらつき、おしまいに帽子をとって遠慮勝ちに近づいて行くのを見ると、急いで食うのをやめ、膝のまわりを何か片付けでもするかのように両手でさぐりまわした。私の幼かったころ、坐って縫物をしていた母は客が来る度にそのような振るまいをし中腰になった。

「ここには何が祀ってあるのですか」

と私が訊ねると、彼女等は一度顔を見合わせて何かを確かめあったのち「愚白上人さまですけえが」と答えた。山を開いた修験者に相違ない。すると堂の奥の壁際に三個ならんで置かれている中型の厨子のうちのひとつに上人の像が入っているのであろうか。

「そこのお厨子がそうですか」

「どうずらのう」

続いて「そうずらよ」「阿弥陀さまずら」「観音さまかも知れねえ」というまちまちの返事がかえってきた。誰も自分の眼で見たものはなかったのだ。ただ十何年か前の台風で折れた堂前の杉の木で厨子のひとつが新しく造られたことを知っているだけで、その際にも彼女等は仏体あるいは神体を見ようとしなかったのである。「何かあるかも知れない」という強い好奇心が私の胸に湧きあがった。もしこのなかに鎌倉期の仏像が眠っているとしたらどうだろう。黒く煤け、あるいはほのかに彩色を残し、深い彫りとカッチリしたプロポーションを保って、彼等は扉の奥から現れるかも知れない。あり得ないことではなかった。私は思い切って「なかを拝ませてくれませんか」

と云った。

「どうぞ、どうぞ」とすぐ二、三人が応じて腰をあげた。「あがって拝んでくりょう。ええ折りだでわしらも次手に拝ませてもらうに」

私は彼女等の膝の間の黄ばんだ古畳を踏んで厨子に近寄り「あけてもええですか」と念を押した。錠前も何もついていなかった。三つとも扉はすぐに開いた。

阿弥陀如来、観音菩薩、愚白上人らしい五〇センチほどの木像、私がおそるおそる色の褪せた厚ぼったい金襴の垂れ布をあげて覗き見たものは、どれも平凡な江戸期の作品に過ぎなかった。当然のことと思いながら、私はやはり失望した。頭の隅に、引っこみのつかぬような、何と云って褒めたらいいだろうというような当惑が生まれはじめていた。

突然、私の後ろ、と云うよりは一メートルと離れぬ脚下から、低く呟くような和讃の合唱が湧き起こった。そしてそれがチリーン、チリーンという振鈴の相の手に誘われるに従って次第に調子づき、あけ放したせまい堂からあたりの明るい空気のなかに放散しはじめたのであった。彼女等は多分毎月きめられたこの日に朝から集まって好きなだけ和讃を称え、持参の弁当をひらいて中休みの雑談を交していたのだ。

だが、私は、姿を現した本尊を眼にして段々に熱を加えてくる彼女等の合唱を背に受けると「おれはとんだことをしたのではないか」という後悔の念にかられざるを得なかった。ただの好奇心から部落全体をもてあそんだという居辛さで私は迷った。私はまるで責められているようであった。いまさら坐りもならず、私は不安定な恰好のまま頭を下げてそこに立っているより他なかった。

弟が死んでふた月ほどたった或る日、私は大井川の奥にできた井川ダムのすこし先きまで行った。今は過疎地帯になりつつある中流の川根の町の附近に育王山慈眼寺という古い真言の寺があり、そこに残されている本尊の大日如来が藤原期の傑作だという話を耳にしていたので一日仕事で出かけたのである。ひとつには毎年季節が来ると取り寄せるお茶の産地をぶらついて来るつもりもあった。

ところが、朝早く家を出て金谷駅で下車し、一時間半待って大井川鉄道に乗り替えて川根に着いてみると目的の寺の在りかが皆目わからないのである。山間の部落で寺の名を口にして通ぜぬというのは希有のことであるから、この場合は私の方が間違っていたのである。私は迂闊にも、川根と呼ばれる地帯が、川に沿って川根、中川根、本川根、それからダムの入口までの延々三〇キロに渉る谷間、つまり大井川の「川の根」を意味する総称であることを失念していたのであった。

駐在、雑貨屋、食堂と訊ね歩いたすえ結局再び気動車に乗って、私はふた駅先きの終点である千頭《せんず》に降りた。しかし勿論そこでも同じことであった。「井川だってもほんのことを云えば川根のうちだんてね」立ち寄った薬屋のお内儀さんは「昔はみんな川根と云ったもんだに」と哀れむように笑って云った。私は疲れて駅の待合室に戻り、ベンチに横たわって帰ろうか帰るまいかと思案し、しかもなお愚図々々していた。大井川はここで分かれ、本流は真北に大井ダムを経て井川ダムに上り、それから赤石山脈の間を縫って長野との県境に達する。支流は北西に寸又川となって前黒法師岳の下をやはり県境に向かっている。ダムまではここから一日三本の気動車が出るし、寸又へはバスが出る。どちらの方角へ上るにせよ、また金谷まで引返すにせよ、発車までにはどれも二時間近い待ち時間がある。外の陽なたへ出ると暖かいのだが待合室に凝っとしているとまだ寒かった。目的の寺はどっちの方角にあるのか、私は所在もくわしく糺さずに出て来た自分の軽率を悔みながら、ままよと思って身体を縮めて時間の来るのを待っていた。

すこしうとうとしたか、腰が痛くなって起きあがると、附近の閑人らしい年寄りの男女二人と四十余りの背の低い女が前のベンチに腰を下ろしていた。女の磨り切れた革トランクと大きな風呂敷包みが、手拭いで繋がれて私の傍らに置かれていた。この女が、この下の方の部落から上の農家へ例年の茶摘みに雇われて来たもので、気動車を待っているのだというような会話は、ぼんやりした頭で私は聞きとっていた。荷物には寝泊り用の着替えや土産品が入っているのである。年寄りは女の行く先きの家を知っているらしく

「迎えに来てもらやあええに。あすこにゃあ若い衆がいるだんて。線路から遠いし、ええかげん辛い坂ずらに」

「ええだよ。こればっかりの荷は何でもねえよ」

さっき「海久保」と云ってたと思った。

「この上の方に慈眼寺というお寺はありませんか」

「さあ、慈眼寺ね」

三人が考え考え顔を見合わせて

「知らねえよう。どけいらあたりにあるだね？　わしらたいげえのとこは知ってるだけえがの」

女が急に思いついたように

「何だか聞いたことがあるに。そりゃあもっと山奥の方ずら？」と云った。

「さあ」

女は観音さまだろうと云った。自分で行ったことはないが、それは病人の命乞いのとき病人の家族と部落のものがお参りする寺だと聞いたことがあると云った。自分は海久保で降りるがそこまで一緒に行ってやるから終点のダムで降りて駅長に訊ねるがいい、駅の近所には一軒の家もないからそのつもりでと云った。私は売店で蕎麦を一杯すすり、強飯の結び五個とコカコーラ一本を買って、やがて着いた折り返しの気動車に乗った。

頭のつかえそうな板張りの二輛連結の車に私たち二人と五、六人の男が乗り込み、男たちは途中二、三ヵ所の発電所や変電所や道路工事事務所のようなところで次々と下車して行き、女は海久保で降りた。私はただ一人残って、左側すれすれに迫る濡れた岩壁や樅、松、杉、樫、朴の大木の端を、右側の断崖の下の大井川、また断続して果てしもなく続く急斜面の茶畑を見下ろしながらのぼって行った。狭い谷あいに落ちこむような茶畑が、そのために不断の霧をかぶり霜をよける、つまり最も好い茶を育てる条件をそなえている地形に私は感心し納得した。車はきしむような鋭い音をあげて絶えず折れ曲りながらのろのろと走った。日は早く山に落ち、もうあたりは薄暗くなっていた。六十三のトンネルを潜り気動車は終点に着いた。

真鍮の棒のようなものと黒い鞄とを両手に持って機関室を降りてきた運転手が近づいて来て

「もう戻りの便はありませんがいいですか」と云った。「私は事務所に泊りますが、あんたも泊りますか。駅長に頼んであげましょうか」

「ありがとう。しかし好いです。それより、あなたはこの辺に慈眼寺というお寺のあるのを知りませんか」

「さあねえ。僕はここの人間じゃないのでねえ。そのお寺へ行くんですか」

「ええ、まだ時間があるから」

「しかしここらは早く暮れるし、夜は真暗になるから危いですよ」

しかし彼は口ほど危いとは考えていないらしくみえた。駅長が事務室の前に立ってこちらを見ていた。そして彼は、慈眼寺なら改札口を出て石段を下りた道路を左へ、ダムと反対方向へ短いトンネルを潜って一キロ半ばかり行くと、道端に石の標識が立っているからすぐわかる、そこから山道を少しのぼれば山門がある、と云った。

トンネルの向う側は、前山の透けているせいで明るかった。寺は想像したよりずっと荒れていた。境内の隅に小さな薬師堂と地蔵堂が雨に曝らされて白っぽく乾いたなりに朽ちかけて草に埋もれていた。しかし私が奇妙に思ったのは、途中の石段の左右から境内の周囲までが大小無数の山茶花で埋められていて、それがとうに時を過ぎたはずの花を満身につけ、花弁を木の下一面に敷いていることであった。こういう種類の山茶花があるのだろうかと思って調べたが、どうみてもありきたりの、生垣に使われるような白一色の平凡なものに過ぎなかった。彼等はほとんど野生にかえり、まるで野草のように繁殖し乱雑に伸びていた。その間をブヨの群が、ラグビー・ボール大に丸くかたまって数個移動していた。

屋根の広さの目立つ低い本堂の正面に「育王山慈眼寺」という扁額が掲げられ、手前の石の手洗いの底には鉄錆色の水がたまり、その後方の椈、山桃などの雑木林のなかに椎茸のホタ木が五、六列組み並べられていた。そこにも山茶花が混ざって咲いていた。しかしそれよりも一層異様な印象を与えるのは、まるで境内をすっぽり包むように生いたち枝をひろげて咲いている数株の桜の大木であった。彼等はそろって太い枝を傘なりに張りのばし、梢の端し端しにまで濃厚な花を群らせ、落花寸前まで開き切り、忍びよる薄闇をはねかえすように重く静まりかえっていた。重畳する白い花と漆のように黯ずんだ枝とのどぎつい対照はむしろ嫌らしかった。荒廃し物音の絶えた夕暮のなかで眺めていると、彼等の姿はむしろ虚無的に思われた。そして寺全体が何か架空の存在のようにも見えた。

住持は筋目の消えた白木綿の袷せにくけ帯を巻きつけ、白足袋をはいて出てきた。長身で六十二、三か、私とほぼ同じ年頃に見えた。大黒もおよそ同年くらいで、背は低かったが不思議にも顔立ちが住持に似かよっていた。こういうところだから従兄姉同志くらいになるのかも知れないと思った。住持は私が来意を告げると

「大日なら鵜沼の慈眼寺ですよ。それは来過ぎましたね。うちのは観音でつまらんもんだそうです。あいにくでしたな」

と笑った。「やっぱりな」私は失望したが、別に何時ものような自分に対する腹立ちは感じなかった。鵜沼なら川根の遥か手前、金谷からバスで二十分たらずの旧街道の部落である。それなら友だちが気安く私に勧めてくれたのも道理であった。

「慈眼寺がふたつあるとは思いも寄りませんでした」

「それが両方とも育王山慈眼寺なんでね。迷うのも無理はないけえが、まあ珍しいこんだね。人によっちゃあこっちが奥の院であったずらと云う人もあるし、こっちが末寺だらすという人もあるけえが、記録がひとつもないでわからんというのが本当だね」

私がせっかくだから拝んで行きたいと云うと、彼は先きにたって本堂に案内した。本尊の釈迦如来まえの一対の燭台に火をともして礼拝し、一本を手にしてその後ろ脇の厨子に入った一メートルほどの聖観音の木像を照らしながら「南無観世音菩薩」と口のなかで低く呟いた。

仏像は住持の予告どおり江戸期としても出来のわるい方であった。私は少時拝んだのち手を合わせて退いた。用意の紙に千円包み、宿泊料のつもりで仏前に供えた。

ゆでたタラの芽に塩をふりかけて山桃酒を飲み、山女魚で飯を食わせてもらった。住持が食卓の上に乗っている私の名刺をいじくりながら

「勝見さんというのは珍しい苗字だけえが、あんた藤枝に御親戚はありませんか」

と云った。

「私は藤枝の生まれです」

「藤枝のどこ?」

「下伝馬です」

「それならあんたは薬屋の勝見さんかね」

「ええ」

彼は嬉しそうに笑って
「それならノブさんの兄さんずら」

と云った。どうして弟のことなんか知ってるんだろう。

「ええ、しかし宣夫はふた月まえに死にました」

「死んだってね?」

咎めるような覗きこむような眼つきをした。

彼は弟とは藤枝の中学校同級生で、仲のいい友だちだったと云った。それなら彼もまだ五十七だったのか。そういうふうにも見える。私は嬉しい気がした。自分が寺を間違えてこんなところまで迷ってきたのは因縁だというふうに素直に考えた。

疲れていたところへ飲み過ぎた山桃酒に悪酔いした形で、私は寝床へ転げこんでから少し苦しんだ。そして夢を見た。

場所は高根神社の鳥居の近所のようでもあるし、今いる寺のあたりのようでもある。そこに死んだ弟が立っている。顔の周囲が泥絵具で描いたような幅の広い輪廓で青黒く隈取られている。それと並んで、四十余年まえに死んだ親友が霜降りの夏服を着て、やはり青く縁取られた顔で、粗らな無精髭を生やして白線帽をかぶって立っている。変だな、どうかしたのかなと思っていると、二人が手足と腰をぐにゃぐにゃ振って踊りはじめた。地面に自動車の古タイヤや古チューブが沢山ころがってる。それを踏んづけて何時までも止めずにフラ・ダンスを踊っている。

「何だ、その顔は」

と云うと

「死ぬとこういう隈取りをつけることになってるんだ」

と友の方が答えて、またぐにゃぐにゃしながら踊っている。そして急に片手をあげて

「ヤソ曰く、神は罰なり」

と叫んだという夢だ。

この夢は無論寝るまえの会話から生み出されている。しかし私は、弟は静岡の病院で死んで、死骸は島田の大井川の岸から三〇〇メートルくらいの自分の家に帰ったのだから、それで魂は川を上ってこの辺まで来ているのかも知れないと思ったのである。

風景小説

昭和三十三年四月の「群像」風景描写特集号に瀧井孝作氏が原稿用紙三枚くらいの短文を書いて「風景小説」を提唱されたことがある。戦後に続出した情痴風俗ものに愛想を尽かして風景を主にした小説を書きたいと思い、二十五年の「伐り禿山」、二十六年の「山の姿」、そして二十七年には名作「松島秋色」というふうに試みられた経緯を記されたものので、これは三十四年桜井書店版の随筆集「生のまま素のまま」にも収録されている。紀行文ではない。ちゃんと「小説」と書いてある。しかし誰もとりあげて問題にせず、まるで興味もないようであった。だが私はそれに共感し、今ではますます共感しているから、師に倣って私の風景小説を書いてみる。

書画という成句で一括りにされている東洋の造型美術を、便宜上書と画に分けて考えてみると、ある爛熟の果てに、書は記録・伝達、画は相似・装飾という本来の用から共に離れて抽象的な似通った形を呈する時期が現れてくる。五代、宋のころ一方に狂体の書が生まれ、一方に髪の毛を墨壺に浸して絹の上で振りまわして絵を作る画家が現れたということをものの本で読んだことがある。こちらは一時流行したアクション・ペインティングによく似ているところが面白かったが、つまり一種の腐った現状に対する抵抗で、(奇妙な連想と云われるか知れないけれど)瀧井氏の半分ヤケみたいな提唱にこの気味合いを私は感じたのである。

他方でこういうこともある。中国で古くから書を美術として遇していることは事実であるが、また書が常に画のもひとつ上の優位に立つものとしてあつかわれてきたことも確かである。書画一如と云うけれど、鑑賞の場合には画は書の延長上に、書の精神を根幹とした造型物として評価されてきたのである。例えば、ある一時期に画の形似追及が劇しく行われ流行することがあっても、鑑賞の窮極としては何時も形似は第二義としてあつかわれるのだから、かならず書の精神によって引き戻される。それなら書の精神というのはいったい何だと云われても困るが、私は私なりに、本来抽象的なるが故に迫真という遊びを絶対に持ち得ない造型物、記録という確固不動の用から絶対に離れられぬままに決まった造型のうちに筆者の本体を圧縮して表現しなければならない美術品、というふうに解している。そんな窮屈なことは下らないと云われれば尤もと思うけれど、何分これは中国のことであるし、また私は中国一流の古画はそういう精神的なものに支えられて自然の内奥に潜む本体を把握し表現していると何時も考えているので已むを得ない。この芸術観は東洋伝来のものである。子供の時分に親や先生に飼いならされて本や習字の紙をまたぐとばちがあたるように思ったことがあるが、ことによると私は未だにそんな気分を持ちこしているイカれ人間なのかも知れない。とにかく私は、瀧井氏の言をこの辺のところへも当てはめて考えたのである。つまり瀧井氏の文学精神、修飾抜き本体直到のごついリアリズムを書の精神にあてはめ、視覚的には中国の水墨風景画のいくつかを頭に思い浮かべて自己流の解釈を試みたのである。当否は勿論保証のかぎりではない。

さて、私は齢にしてはよく山奥へ行くほうだろうと思うが、それは連れて行ってくれる人があるからで、これは私より齢は十いくつも下だが一日中自動車を運転していても全くへばらない頑健無類の建築士Tという人である。T氏については、私はその満洲脱走記を小説にして書いたことがある。彼は内地に帰ると故郷のこの浜松に建築設計事務所を開設して成功し、かたわら農協関係の仕事一切を引き受け、三重方面にも出張所を持って往来しているから、車は二年に一台乗り潰すのである。

誰でも知っているように、農協は金持だから半ば競争的にびっくりするような事務所を作る。大小様々だが、なかには二階全部が部落用の美容院つき結婚式場というのもあるし、外壁ベタ貼りのタイルが窯元注文で一枚一枚サヤ入り焼成という念の入ったのもある。農協が直接こしらえるわけでもないけれど小学校中学校などどしどし建てる。私は五、六年まえT氏について天竜川の支流の水窪川の、そのまた支流の渓谷に望んだオオズレという部落に行って、そこの崖を削って作られつつある小学分校の見事な鉄筋コンクリート二階建工事現場を二回ほど見たことがあったけれど、この学校は二年たらずで過疎のため閉鎖され、半年前には新しく水窪の町に堂々たる学校ができてマイクロバスで通学ということになり、私はこちらの現場へも三回行った。病院もこしらえる。この場合の過疎というのは、暮らしが困窮するからなるのではなくて、金はあるけれど若い者が出て行って人がいなくなるという意味である。田も畑もない山奥に金が何故たまるかというと、もちろん上流にダムができて山が売れて一時金が沢山入り、同時に道路が開かれて材木の切り出しが楽になり値が上がったためである。私のT氏に連れられて訪れる場所がいつでも愛嬌のない山間の部落で、どんづまりにたいがい観光資源にならないダムがあるのはこのせいである。

この秋には今年できたての宮川ダムへ行ってきた。宮川は三重奈良の県境となっている標高千七百メートルの大台ケ原山から出発して伊勢湾に注いでいる。地図で見ると始めから終りまで熊野灘に平行して流れていて、海との距離は直線で僅か十五キロくらいのものだが、実際に行ってみると、この海と川をへだてている山の帯が海際から直立して壁のように盛りあがった紀州特有の峰々の重なりであるから、やっぱり走って行く自動車の左右はせまい田圃と眼下の谷と、それから行く手を閉ざす山の連続である。明け方まで雨が降っていて七時ころはまだ雲が厚かったが、天気予報では西から晴れるというので、思いきって同行することにして浜松の家を出たのである。新幹線、近鉄と乗り継いで伊勢の松阪で降り、出張所の車に移って多気町仁田（旧相可）で櫛田川を渡り、山間の宮川流域に入って一時間半ばかり走ったのち、宮川村役場で病院建築の入札に立ち会うT氏を降ろし、更に流れに沿って遡上して行ったのである。もうかなり高く登っているので、上空は少し明るくなっていたけれど周囲はまだ雲とも靄ともつかぬものに巻かれて呆やけていた。そういうなかで見ると、畑中に小粒の赤らんだ実を無数につけた柿の大木はことさらに鮮かな印象を与えた。霧を通して眺めると、緑が濃く沈んで赤系統の色が際立つ傾向があるから、山ぎわの杉檜に混ざって伸びている赤松の濡れた幹なども特別の朱色を映発して美しく優雅な趣きを呈していた。渋の需要の絶えてしまった今では、どこへ行っても小粒の渋柿は邪魔ものになって、謂わば桜なみの農村晩秋風景鑑賞用みたいなものになってきつつある。遠州の奥地ではこれを発酵させて自家用の酢を造るが、そんな手数をかけることも考えてみれば今どき馬鹿気た話である。

私の最初の目的は神仏混淆の大陽寺という古寺であったので、まもなく右手に逸れて坂の上の門前に車を停めた。寺は古いと云ってもせいぜい徳川初期くらいの、しかし桃山風の小さな拝殿がくっついているという奇妙な形式の建物で、それが急な山に腰をかけるような具合に蹲まっていた。拝殿の土間から低い天井を見上げると、中央に算木の卦でとり囲まれたグロテスクな大亀が蟠踞して描かれていて、そのまた周囲を十二支がとりまいていた。鴨居の正面には胡粉を塗った木製の白い鳥居が掲げられ、それに並んで献納の小型鉄鳥居が数個赤く錆びてはさみこまれていた。そして左手の庫裡の軒には注連が端から端までわたされている。低い屋根の裏側に霧にたわんだ深い竹藪があって、竹を切る澄んだ音が奥の方から響いていた。

拝殿のわきの蓮座型の青銅の手洗い鉢に注ぐ湧水を飲んで、「感応殿」と大書された本堂正面の扁額を見あげたり身のまわりを眺めたりしていると、何となく異様な無気味な感覚に襲われた。曹洞の禅寺ということになっているのだが、禅寺らしい雰囲気はおろか、神仏混淆という半ば神秘的に溶け合ったような密教の静寂もなく、禅宗と道教と喇嘛《ラマ》教とがでたらめに集まって、しかも背中のあたりでは貼りつき通じあっているような、猥雑な感じがあった。こういう寺が明治初年の廃仏棄釈の整理の号令にとりのこされて山奥に残存し、今はまた住民の信仰をも失って滅びつつあるのだろうと思った。

十五、六分すると庫裡の戸があいて、大黒らしい四十前後のワンピースを着た女の人が出てきたので挨拶した。そして「どうぞおあがり」と云うので「それでは拝ませていただきます」と云って運転手の青年といっしょに本堂にあがった。

須弥壇の正面にまつられているのは、型通りの白木の雲形枠にはめられた神鏡であった。左右に白紙を切った真新しい御幣が連なり、背後の壁の上方には多分太陽を現す鏡が、もひとつ掲げられて鈍い外の光りを反射していた。前卓《マエジャク》の中央には真鍮の御幣が高く立ち、左右から三宝に乗って鎌首を持ち挙げた土製胡粉塗りの白蛇と亀とに護られ、御幣の前方の小さな厨子には二体の菩薩らしいものを脇侍として曲彔に倚った黒髯極彩の道士めいた像がまつられていた。厨子の左右は金色の蓮の供華、供物は白木の三宝に盛られた白米であった。和尚の座の前の経掛《キョウゲ》には大般若経が乗せられ、そして堂隅の暗い窪みのなかに林立する多くの位牌にまざって閻魔や不動や弘法大師の像がならべられていた。

いったん引っこんだ大黒が盆にのせたビニール包装の菓子とお茶を持って出て

「ようこそいらっしゃいました」

と畳に置き、ガリ版刷り数枚綴じの縁起を私の膝前に押してよこした。「霊符山大陽寺」と書いてあった。開巻第一頁は「坐禅研修」となっていて「道元さまは、坐禅《ざぶ》は安楽の法門である、とお示しになっておられます」というところから始まって「まず坐圃と云う丸い形のふとんをお尻の下に敷くのですが、無ければ坐ぶとんを四つ折りにして間に合わせます」とか「鼻から吸った息をウームと鼻から出します」とか解説されているが、本文に入ると「曹洞宗の本尊さまはお釈迦さまですが、当山の本尊さまは鎮宅《ちんたく》霊符尊神北辰妙見菩薩であります。即ち北斗星ならびに七つ星が本体であります。印度の国ではお釈迦さま御出現の前に妙見菩薩が御出現になり、コタッパ神宗をお説きになって人々を救われました。中国では漢の時代孝文帝の世に弘農県にりゅう進平という人があり霊符神を信仰して其の徳により諸氏の苦難を救い平和な楽土をきずきました云々」、そして日本では推古天皇五年三月二日に百済王の息子の琳聖太子というのが九州多々良の浜に上陸し、聖徳太子がこの人から霊符の符号というのを伝授されてその尊像を自刻した、これが当山に安置してある鎮宅尊神である、と書いてあった。

なるほど、なるほど、と私は思った。この寺は神仏混淆ではなくて、ヒンズー教密教道教占星のいりまじった延命攘災福徳の信仰の寄りどころだったのだ。百五十年余り廃寺となっていたのち徳川時代に曹洞宗の寺として復活したというから、禅は寺自体の延命のためのつけ足しで、今また荒廃に帰しているのは太平洋戦争敗戦の煽りと過疎のせいに相違あるまい。そして妙見様なら何時だって月を現す円のなかにいるはずだから、欄間正面の鏡はつまり太陽ではなくて本当は月だったのだろう。従って大陽寺という名前も命名者だという谷刑部と呼ばれる武家上がりの僧のまったくの勘違いらしいのであった。

私は再びあたりを見まわした。そこには何も中身のあるものはないようであったが、しかし何もかも、無智な人間の罪深い慾望にこたえてくれる猥雑なものすべてが、あるようにも思われた。同時に無間地獄、阿鼻地獄、針の山、血の池、幼いころ私の頭に埋めこまれた恐しい罰の世界への入口がここにあり、同じものが日本中の山の奥の無数の寺に口をあけているようにも思われた。人間は、死ねば空に帰するけれど、一方では、土中に埋められれば腐敗し分解してそこに網のように触手をのばしている鬚根に吸いこまれ、結局は森となって存在するのだから、汚れた肉体は永久に消え失せることはないのである。

私自身は、自分が死んだら病理解剖をした後すぐ火葬場へ運んで灰にすることに決めているが、先日医者である娘から「学生解剖用に大学へ寄附したらどうか」と云われて即座に賛成し、今また少し迷っているのである。私の住居地に医科大学ができそうな形勢になっていて、実現すれば実習用屍体は医者を作るうえに不可欠であり、最近全国的にその入手難が問題になっていることも知っているからすぐに娘の申し出を承知したのだが、いざ自分が裸に剝かれてフォルマリンの水槽に投げこまれ、学生の手に刻まれて骨片肉片となって石油の空鑵に放りこまれる光景を想像すると、そのすべてを自分がかつて医学生としてやってきただけに、躊躇するのである。病理解剖はむしろ希望するのに、実習解剖に引っかかるというのはもちろん無理由でもあり恩知らずでもあり馬鹿気たことでもあるけれど、二ヵ月間解剖教室台上に曝らされたままでの全身一寸刻みとなると、心情的にどうしてもたじろぐことは事実で、これは平生わかったようなことを云っていながら私のなかで精神が肉体と分離して二六時ちゅう監視し虚栄心をかきたてている証明みたいなものだ。要するに本音のところ私は清潔な灰となって物質的にも先祖代々の墓の下に入り、そして肉体の死によって沈静に帰した精神そのものとなって、同朋に優しく守られて安眠したいのである。私には私なりの人世上の苦悩があり、それを智識や自制でしのいで来たし、それから得るところもあった。そういう貼りつけものが無意義だとも思わず、それを利用してもいるが、しかし結局は自分の帰するところが乳呑児以来の高天原と地獄思想だということは自覚している。つまり私の心は闇汁と同じだということになる。

こういうことを漠然と感じ、私は運転の青年をうながし、燈明料をあげて寺を出た。天気は恢復に向かっているらしく、空が退いて高い峰が黒ずんだ緑に少しばかり黄を点綴させた頭を出し、肩から腹のあたりにまつわりついた雲は濃くかたまったままゆっくり動きつつあった。この辺から熊野の尾鷲へかけての山中が豪雨の通り道になっている。松阪で直径三ミリの水滴はここに来ると六ミリになるということを新聞で読んだことがある。雲塊の様子には、見るからにそういう重さと力強さがあった。道を下って川沿いの本道に出てしばらく登ると、河原に転がっている岩は大きく粗野になり、流れの音も高く騒がしくなった。前夜の雨で水量が増している割りに透明なのは、上流のダムで調整されているためと思われた。細い濁流が、流れこんだまま岸近くに押しつけられつつゆるく動いている。その上に架けられた橋の裾に車をとめて、外に出て煙草をのんでいると、雨あがりでいっせいに動きはじめた小鳥の囀りが、贅沢と感じられるほどの多様さで耳に入ってきた。冷えた空気のなかを通ってくるのは水の音と小鳥の声だけで、いかにも静かであった。脚もとの叢のなかで一本だけ、群がった葉の三分の一くらいを虫に占領されている背の低い灌木があった。まだ緑のままの広い葉が、桜餅のように二つ折りにされている。私は、これが多分寒いうちに孵化して飛んでいる何とか蝶の巣なのだろうと思った。大方の蝶は春先きに孵るけれど、これは今このなかに張った繭にくるまって短い眠りを眠っているのだと思った。

道路の凹凸がひどく、水も溜っているので、ゆっくり走ってくれるよう運転の青年にたのんで私は再び車に入った。道について小さな農家が点在し、それにまじってビニール袋入りの商品をならべた家も一、二軒あったが、ある個所では、道端に停まって後ろ扉をあけた小型トラックにたかって白菜や林檎らしいものを買っている五、六人の女がいた。しばらくして同じようなトラックから魚を買っている女たちの姿も見た。谷の上の数枚のせまい田に刈取り前の稲が実り、窮屈そうに細長く耕された畑に杓子菜や末枯れた茄子の残骸が生えていたが、それで生活がどうなるわけでもないだろう。男どもは多分、道ができたから町へ割りのいい出稼ぎに行くのだろう。そして同じように道が開かれたから、町の商人が入りこんでその稼ぎの幾分かを吸い取っているのであろう。とにかく文化生活はこうして行きわたりつつあることは確かだ。好い悪いは別である。

左右の迫まった暗い静かな山間の植林の間を行くと、すこし先きの道の真中に一羽の烏と一羽の鳶が二匹して遊んでいた。車がゆっくり近づいてもなかなか逃げない。彼らは五十センチか一メートルの間隔に向き合ったりならんだり地面を突ついたりして、どう見ても仲よさそうに見える。いったいどこででもそうなのか、そんなはずはないがと思いながら眺めているうちに、車が近接して逃げた。

それからしばらくして、森を抜けて急にひろがった河原の正面をふさいでいる三角形の山とその手前にのびて渓に落ちこんでいる前山との合わせ目から、霧か靄がもくもくと生み出されてくる有様を見て驚ろいた。空から雲が垂れて来て千切れて溜まるのではない。下から湧きあがるのである。山の合わせ目の隠れた底から、ちょうど湿めった焚火から濃密な白煙がたち昇るような具合に、しかしゆっくりと、後から後から塊状に湧いて乳白色に山肌をはいあがって行くのである。生まれて始めて見る光景だし、美しいような怖しいようなところがあって、数分は車を出て眺めていたのであった。

ダムは小型で幅も比較的せまく、水面が川なりに彎曲しつつ上流にのびていて、可愛い小娘のような趣きを持っていた。周囲も悪く整地されていず、売店も戸を閉めた小店が一軒道端にあるだけで、濃紺色の湖面と黄ばみかけた対岸の岩山との対照は無垢で清い印象を与えた。私と運転手のほかに人影はなかった。

帰路につくと急に腹が空ってきた。来るときは途中でパンでも買って食うつもりであったが、それでは夕飯までもちそうにないと思ったので、宮川村まで戻ったうえ料理屋か宿屋を捜してちゃんとしたものを食おうと考えて車を急がせた。ちょうど半分ほど来たあたりで、不意に右手の農家の前に「養鱒場」と墨書された小さな標識をみつけて「望むところだ」と思った。最近の流行で、あちこちの川沿いにはかならずと云っていいくらい「養鱒場」がある。コンクリの池をつくって水を引いて姫鱒を養殖し、釣らせたり食わせたり

するのである。私が案内を乞うと、しかし出てきた野良着姿の男は無愛想な口振りで
「うちじゃあただ飼っとるだけだ」

と云った。その風態顔付きからおしても、男の肩越しに眼をやった何もない川岸の様からおしても、そのとおりに違いなかった。

「この辺にどこか魚を食べさせてくれるような家はないでしょうか」

「どっちから来たね」

と云って車を見て
「あっちへ二百メートルばかり戻った曲り角の橋のきわに湖山荘というのがある。今日やっとるかどうかわからんが」

「そんな家があったかなあ」

「二階家だですぐわかる」

運転手も首をかしげて「気がつかなかったがなあ」と云ったが「とにかく行ってみましょう」と礼を云って車を返した。

その気で捜すと「湖山荘」という古ぼけた小さな看板はすぐみつかった。ダムでぶらぶらしていたとき、入口の左手に急な長い石段があって「霊木なんとか神社参道入口」と彫られた立派な碑があった。登ろうとしたが、二ヵ月前に手術で切った腹の傷瘢がまだ少しつっぱるので諦めて引き下がってきた。あの神社の参籠客のために昔あって今残った宿か

休み所だろうと思った。大陽寺の石段の前にもコカコーラの自動販売器を置いた小さな雑貨屋があって、昔の参拝人の腰掛け所だと云うことだった。その隣りはどういうわけかひと気のない理髪店になっていた。

よごれた女用サンダルの脱ぎ捨てられた湖山荘の玄関に入ると魚を焼く匂いがしていて、声をかけると三十くらいの肥った女が出てきた。

「鱒の塩焼きを食べたいんだけど」

と云うと「鱒は今ない」と云った。

「匂いがするじゃあないか」

「ああ、あれは鯖です。川魚は家では嫌いだからね」

あの道端の軽トラックの魚屋から買って、早速食っているにちがいない。しかしいくら空腹でも、自分までが山へ来て鯖という気はしない。そう思うとがっかりした。

「この下に養鱒場というのがあったけど、あそこから買ってくるわけには行かないのかなあ」

「いるかどうか」

「いたよ、いたよ」

私がすがりつくように云うと、女が面倒だなというような顔付きをしてすこし考えてから、私を見て思い切ったように

「アメゴじゃあ悪いのかね。アメゴなら今朝からいいのが十匹ばかり生かしてあるがね」

と云った。何のことだ。彼女はただ鱒に義理をたてていたのだ。アメゴならヤマメの同類で私のいっそう望むところである。

通された部屋は、女が襖をあけると、空家や土間の隅でよく見かける皮を剝いだ蟋蟀みたいな虫が数匹跳ねている八畳で、私は再び少ししょげた。しかし料理は心がこもっていた。待たされた空腹のせいばかりではなく美味かった。体長約二十センチ全身黒斑に覆われて脂の乗ったアメゴは見るからに食欲をそそった。あらいを山椒味噌で一匹、山椒の実のカラ揚げつきで味噌焼きを一匹、生姜つきで塩焼きを一匹、それに蕨と里芋の煮付け、初茸のすまし汁、からし大根葉の漬物、飯もよく炊けていた。身体に水気がなくなっていたのと添物で口中がヒリついたので、食後の茶を茶碗に四杯飲んだがこれも美味かった。一人前六百円であった。

宮川役場でT氏を拾って松阪に向かって帰る途中、多気町の道端で伊勢芋を一袋二百五十円で買って土産にした。これは山芋と同じくトロロにする芋だが、近くの櫛田川上流の相可津田地区だけで生産されるから、津田芋が本名である。見たところは山芋とまるでちがっていて、馬鈴薯みたいにごろごろしている。培養法は村外秘密で、道から見えるところには作らない。宮川役場を出るとき村会議員から聞いたのだから本当であろうが、今どき不可能のようにも思われる。この芋を畑に埋めれば芽が出て同じ芋がつきそうなものであるが、実際には駄目だとのことであった。家に持ち帰ってビニール袋に入れて土に埋めて保存し、五日目の夕がた磨りおろしてトロロにして食ったところが確かに美味かった。山芋よりは少し口当りが上品のように感ぜられた。

私々小説

二月四日日曜日に弟の一周忌と母の四十九日の法要をやった。日数から云えば、弟の方はちょうど一年だが母の方は死後四十二日目で七日早すぎた。しかし私は浜松に住み弟の遺族は島田に住み、互いに打ち合わせたうえで親戚に通知して藤枝の寺へ集まるのだから、重複を避けて一日にまとめたのである。弟と母も、もし幽明の境をさまよっているのなら、ひさしぶりに帰って本堂に位牌を並べて坐り、互いに顔を合わせることを喜ぶだろうとも考えた。

しかし寺に行ってみると、二人の祭壇は本尊の左右に離れて別々にもうけられていて、住持はそれぞれの前に坐って同じ経を同じ手続きで読んだ。弟のそれがすむと大きな分厚い座蒲団を下げて私の鼻先きを横切り、母の位牌の前に移った。つまり別々の法要であることを証明するために無駄な繰り返しをやってみせた。寒中の本堂の冷え切った畳に二倍の時間を正座している私は不愉快になっただけであった。私は家の仏壇または寺の墓を見ると迷信的にそこに魂が存在しているような錯覚に陥るが、反対に僧の読経がはじまると途端に「何もない」と悟るという習慣がある。この習慣のせいで、このときもすっかり白けて肉体オンリーとなったのであった。

弟は劇烈な腹痛で入院し、十二指腸潰瘍、穿孔による急性腹膜炎の診断のもとに手術を受けた。経過も症状もX線検査もその典型的な像を示していたから、医者である本人は勿論のこと家族も担当医師も予後については楽観した。病院に駈けつけた私にも気持ちの余裕があったので、ちょうど部屋から運び出される寸前の弟に

「よかったな」

と声をかけたのであった。弟は前置麻酔の注射で視点が少しぼやけていたが

「うん」

と答えて微かに甘えるような笑顔をつくってみせた。私はしかし約一時間後に手術室から出てきた甥から廊下に呼び出されて、十二指腸潰瘍が二次的続発的のものであり真の原因は意外にも膵臓癌であったことを知らされたのである。弟の長男でやはり医師である甥は手術に立ちあっていて、胃の裏側にかくされた膵臓が末期に近い壊死状態にあることを執刀者から示され、腹腔が濁った腹水で充満し、肝臓の表面は汚穢な苔状の浸出物によって厚く覆われていて横隔膜の一部には破裂寸前の膿瘍が形成されていることも目にして、

それを同じく医師である私に告げに来たのである。

「そうか。それじゃあどうすることもできんな」

「ええ」

「よしわかった。とにかく終わるまでついててやれ」

「ええ」

甥を手術室に戻し、廊下の端の汚れた灰落しの前の壁にもたれて私はしばらく身心脱落をこらえていた。近く死んで行く弟がただただ哀れで、他のことは頭に浮かばなかった。結局、とにかく已むを得ないと思った。膵臓癌では十中十逃れる方法はない。原病がそこにある以上、手術によって一時的に穿孔が縫いあわされても、十日とはもたずに再び穿孔するだろう。また幸運に潰瘍の再発が停止して一般状態が軽快しても、三ヵ月か半年もすれば癌は進行し脊髄に転移して不断の疼痛を呼び、医師である弟は当然癌を疑い、死の恐怖にさらされながら死んで行くほかはないのである。

可哀想は可哀想でそれは避けようがないから、自分だけが自分の分だけ思い知る以外にない。しかしできるだけの分量は自分のところで堰きとめて吸収するのがいい。悲しみをひとと頒け合うわけには行かぬ。家族には、弟が自分の病気を楽観したままで、むしろ早く生を終えることを願うようにさとし、また高齢の母と姉には息を引きとるまで真実を告げず不安を告げず、そのためには生前の面会もさせずにすませることを独断で強いるのがよいと思った。自分本位の考え方しかできない傲慢さ、直接の妻や子供にさえ自分の判断を押しつけてそれが彼等の幸福だときめつける無慈悲さが、何時も致命的に私を支配している。そのことを自分で知っている。苛責だってある。

私は病室に戻り、二十分ほどして若い二人の姪が輸血の血を提供するために手術室に呼ばれて直き元気に笑いながら帰ってきた。そしてそれから一時間半ばかりすると、手術は終わり、顔色の蒼白に変った弟は執刀者、看護婦に護られた左右に輸血と腹部からの吸引ドレーンをつけて狭い入口から運びこまれてきた。スタッフが去り、残った看護婦が血圧をはかって

「一一〇です」

と告げて目礼して出て行くと、私は麻酔が醒めるまでの空白の時間を利用して姪たちに栄養をとらせるために二人を連れて夕暮れの街に出た。術後の恢復小康の数日はとにかく希望と喜びの日になるから何も告げない方がいい。私は寒い風と勤めがえりの群のなかで夜の華やかさに移りつつある商店街を、中華料理店をさがしながら覗き眼鏡を見るような気持ちで歩いた。

私たちが病室に入ると弟は鎮痛の注射で半睡の眼を開いて私たちを眺めた。私が

「よく頑張ったな。それでいいよ」

と云いきかせるように云うと、復誦するように

「頑張った」

と呟いて微笑した。

同じことを十日後に云った。――術後、私は浜松に帰り、電話で弟が元気になり氷を口に含むことを許されたことを知ったが、六日後に癌細胞が組織検査で証明されたことを告げられた。虚栄心を捨て極く僅かの希望を残して般若心経の写経をしていたが、それはやはり供養のためのものになったのである。やがて半臥を許されるようになったが、その翌日から再び出血が始まり、次の日には一〇〇〇ccの下血があって再開腹した結果、縫合部の哆開と二個の新しい穿孔が発見され、手の下しようのない状態に陥ったことを知った。もはや弟は全く絶望であり、従って以後はこのまま苦痛なしに、自らは希望を持ったままで、眠りの継続として死の世界に移らせるよう努力することが最大の希望となった。深い眠りに陥っている弟の傍で、家族四人にこのことを話した。私は眠るために浜松に帰り、翌日酸素テントの中で眠っている弟を見舞い、弟が前夜麻酔から醒めて私を捜し
「兄さんに、僕がもう一度頑張った、と云ってくれ」

と妻に命じたことを伝えられたのである。

弟の出血は今度も手術によって一時停止したが、当然の運命として五日後には最後の出血が開始され、眠ったままの一日半後に弟は五十六年の生を終えた。

この一日半のあいだのある瞬間、彼は急に眼を開いて私を見て

「また頑張ったア」

と云った。三度目の手術を終えて今意識の戻ったところだと自分を錯覚している。そして死に近い朦朧とした頭で子供に帰って私に褒めてもらいたがっているのだ。私は手をきつく握って

「頑張った、頑張った」

と云った。弟は満足そうに笑って眼を閉じた。——三十余年前のある日、私は東京医専二年生の弟から「相談があるから来て欲しい」という葉書きを受取って淀橋の下宿へ行った。彼は四畳半の私からゆずられた机の脚下に蒲団を敷いて寝ていたが、私を見上げて

「三日まえ喀血した」

と微かに笑って云った。そして一番下の引き出しから古血で褐色に汚れ丸められた鼻紙の塊を数個出して私に見せた。このとき私をほとんど絶望的な落胆と悲哀につき落としたのは、私の肉親四人を次々と結核で奪い二人を結核の病床に釘付けにし父を半身不随に陥れ、今また執念深く弟を結核に誘いこんだ運命の不合理に対する憤りであった。弟は私と兄とが医科大学に進んだにかかわらず家の経済が許さぬことを云い聞かされて専門学校に入り、人並み以下の乏しい学費に満足して勉強している。私はすぐに荷物をまとめて彼を私の住む千葉の下宿に連れ帰った。

素直な彼は私の課した厳重な時間割りに従って療養し、幸いにも比較的短い休学で学校

に戻ることができた。私はやっと両親と兄にそれまでの経過を打ち明けてもはや心配する必要のないことを報告した。弟はやがて卒業し、私の母校である千葉医大の解剖学教室に入り、ぎりぎりの生活費を近くの医院を手伝うことで得ながら勉強を続けた。しかし学位論文ができあがって教授に提出した終戦まぢかい或る夜千葉は空襲を受け、無責任にも教授の机の上に放り出されていたこの三年間の苦心の結晶は教室とともに焼け失せてしまった。そして赤紙を受けとった弟は教授から慰め或は謝罪の言葉を受けとるどころか「も一度実験を繰り返して書くんだな」という酷薄無惨な返答をあびせられたのであった。父も死に兄も死んでいた。私は弟を家の墓の前に連れて行って墓に事情を告げ、弟には「おれが学位をやるからそれで我慢せよ」と云った。すると弟はうなずいた。

じき敗戦となり、弟は島田に長屋の一軒を借りて開業した。私は窮状を知りながら一銭の助力もしなかった。

私のしたことの凡ては独断と命令の押しつけだけであったのだ。その全部に弟は大人しく従い、そして最後まで兄に褒められることを喜んだ。何という後悔。

私は島田で遺骸を迎え、藤枝の母と妹を訪ねてその死を告げた。私はオーバーを着たまま黙って部屋に入り、仏壇の扉を広げて灯明をつけ、力一杯何回も鐘を叩いて「眼をさませ、眼をさませ。ここへ来い」と念じた。そして炬燵に坐って

「お母さんも菊もここへ坐って僕の手を握りなさい」

と云った。二人がおずおずと、半ば以上感づいた宣告を不孝息子から受けるために身体を寄せた。母の手をにぎると母は
「駄目だったずら。そうずら」

と呟いた。私は力をこめて
「駄目だったよ。今この家へ来たよ。ここにいるよ。癌だったで仕方なかっただよ。眠ったまんまで、すぐなおると思いながら死んだで心配ないよ」

と云った。

「苦しまずに死んだかえ。癌なら助からんのう」

「今ここに来ているで心配ないよ。仏壇のなかでみんなして聞いてるでええよ」

母は九十二になる。父と結婚し九人生んで三人残っている。

葬式は居住地の島田で行なった。すると告別式場に借りた寺が区域の元締め格の上級の僧を導師として依頼したので、戒名と引導がそちらにまかされ、菩提寺は自動的にそことなった。弟は常々藤枝の先祖累代の墓に眠ることを家族に云い残し、誰もが何の支障もないと思っていたのだが、納骨に行こうとしたとき、憤懣の表情で迎えた住職から
「お骨は誰のでも預かりますが、お血脈をよそのお寺からいただいた人の菩提寺となることはできません」

と拒絶されたのである。告別式に出てもらいたいと頼んだときこの僧が言を左右にして

散々スネてみせ、また式場に借りた寺の住持が導師をゆずらなかった原因は、ただ檀家争いとメンツだけにあったのか。私は頭を下げ詫びて納骨をすませ、家族のものにあの住持の怒りはもっともだと云いきかせながら家に向かった。

「お血脈」は引導をわたした僧から死人に下附される極楽への通行手形で、骨壺に入れて納骨すべきものである。紙の中央最上段に大きく「釈迦牟尼仏大和尚」と刷ってある。それから線でつなげて「摩訶迦葉和尚——阿難陀和尚」というふうに禅宗代々が印刷され、なかほどに大きく「大鑑能和尚」がはさまってまた曹洞宗代々が続き、最後に菩提寺住職の名が記され、今度は逆にそこから線が直通に上って再び「釈迦牟尼仏大和尚」に連結されているのである。裏面には「仏祖正伝」と刷ってある。つまり戒名をつけ引導をわたした僧の発行した身分証明によってのみ死者はお釈迦さんの膝元にたどりつけるのである。

母は何年か前に自分で寺に行って「お血脈」をもらっていたので差支えなかった。しかし死んで住持が枕経をあげに来たとき、奇麗に磨いて遺骸の胸に乗せておいた果物ナイフは法にかなわぬから剃刀を出せと命令された。手当たり次第に家中の引き出しをあけて探ったけれど、どこかに隠れているはずの錆びた日本剃刀はおろか女所帯に安全剃刀もなかった。結局妹が一軒おいた隣りへ行って、どこかの隅から捜し出された半錆びの西洋剃刀を借り出して来た。そしてこのあいだじゅう住持のそれに就いての説明が続けられた。刃物を死人の胸の上に置いて魔物除けとするというのは全くの迷信で、従って特に銘刀を選んで乗せるなどという行為は己れの仏法に対する無智を暴露するだけである。これは死者の頭髪を下ろして僧尼の姿に変えて極楽に送るという形式の表現である。だから剃刀でなければ用をなさない。坊主の癖に刃を髪にあてることも知らずに経をすますやつがある。そう云った。私は来歴を聞いて成程と思った。

母の告別式が来会者の焼香で終わったとき、彼は曲彔に倚って三十分間の締括りの説教をした。しかしそれは紋切型の法話でなくて、焼香の形式に対する一同の無智をたしなめる説教であった。香は本来は各自が持参すべきものだが、その用意がわずらわしいから寺の所有物をもらって使うのである。だから僧にだけ頭を下げて礼を云えばいい。遺族や他の来会者にいちいち挨拶するのは無意味である。このときも成程と思った。

朝からの吹き降りで本堂は冷たく湿り、背筋の寒さはほとんどが堪えがたかった。鐘のない鐘撞堂に犬がつながれている。帰途雨を避けてそこに近づいた一人が嚙みつかれて傷を負った。

納骨のため墓前のせまい空地に立つとどしゃ降りの雨の雫が重なりあった隣りの傘から垂れて頰や肩を濡らした。みな紙製の供えものや塔婆や線香の束や、そして私は母の骨壺を抱いていた。そのなかにしゃがんで墓台の下方の重い石をはずし、壺を納めてまた蓋をすることは面倒な作業であった。二、三人が道具を借りるため庫裡との間を走った。

皆が去って一人たたずんでいると眼の前でみるみる供物が濡れて水浸しになり、線香が消え、寄せかけた塔婆がすべって倒れた。墓地の右手はそのまま寺の茶畑につながり、広い田圃に移行し、そして灰色に煙った丘に区切られて遠く広く奥の山間に向かってうち続いていた。しかし墓の後方に広がっていた田はすぐ近くで流行の速成住宅にさえぎられて、その後ろに丸く盛りあがっていた小さな神社の森といっしょにもう見えなくなっていた。二年ほどまえに墓参したおりには、田の一部に万国旗がはりめぐらされ拡声器から破れるような軍歌のレコードが響き渡り、土地分譲の看板が立てられていた。周囲のすべては二、三年を待つことなしに閉じられてしまうだろうと私は思った。そこに私も入る。自分の意志で「お血脈」なしに。お釈迦さんの膝元へ辿りつけなくも、墓穴で皆に会えればいい。もちろんそれだって信じてやしない。何ごとも死者にとっても生者にとっても無意味である。

母は昨年の十二月二十五日朝六時五十分に死んだ。その十日前まで半身を起こして機嫌よく話し精神判断も健常であったが、三日目から突然脳の働きが衰弱しはじめて応答がトンチンカンになり、発音が不明瞭となり、「櫛」とか「コーモリ」とか「足袋を出いとくれ」とか外出の支度をうながすようなことを呟いて、それに対するこちらの問いかけには返事せぬようになった。食事は普通にとった。むしろ多く食った。食欲はしかし翌日から衰え、というよりは午後になるとただの水さえ吸わなくなり、無表情となり、名を呼んだときだけ口と眼のあたりに微かな反応が浮かぶ程度となった。こうして真逆様に死に近づいて行った。ただ医師が栄養の点滴を試みるために針を皮膚に刺した瞬間だけ、異様な叫び声と恐ろしい力で暴れて拒絶した。次の日になると脈搏と呼吸以外に生の徴しは消えた。まったく動かず、心臓は規則的でほとんど健常に近い強さと緊張を保った脈搏をうち、顔色も普段と変らなかった。私はこれが最後と思ったので、母の頭をかかえ、耳に口をつけて「お母さん、次郎だよ。心配ないよ。大丈夫だで心配しなくてええよ」と云った。そして母、姉、私と枕をならべて寝た。

母は翌朝の六時五十分自然に呼吸がとまり脈が止まった。

私と姉と妹は着物を着かえて湯をわかし、仏壇に明るく蠟燭を灯し鐘を打って父と兄姉妹たちに出迎えを頼み、その下で母の身体を拭った。口に綿を含ませ頰と唇に淡く紅をさすと最も元気なころの顔に帰った。

弟が死んでから母は自分の後のことを具体的に準備しはじめて一切は箪笥の決めた場所にまとめられていたので、自分の手で洗い張りをし仕立て直しをした寝衣を着せ、好みの蒲団に移して顔を半透明の黒い紗の布で覆った。弔問客にいちいち白絹の布をまくられるのは嫌だという理由で用意されていたのである。遺言で、額には十五歳でこの家に嫁入ってきたとき附けた鴇色に白の腹合わせの角かくしを置き、搔巻の上には同じとき身にまとってきた鶴と五三桐縫出しの白無垢を広げた。何時のことか、背面一杯に

高祖承陽大師
南無大恩教主釈迦牟尼仏
太祖常済大師

というふうに住持の手で三行に墨書されていた。母はこの二品を七十七年のあいだ箪笥の奥深く保存し、いま再び身にまとって地下の夫のもとに帰ろうとしているのである。

話は変わるが、いったい神は存在するのだろうか。私だってそういうことを考えることがあるのである。あるとき真面目なキリスト信者にこのことを訊ねると「本当は、在れば儲けもんだと思っているだけです」と答えた。

雀が子供の空気銃でコロリと射たれる。捨て子が道端で餓死する。それで「神は愛なり」とか「一羽の雀も神の意志なくしては死なない」と云われれば、誰だって「撤回してくれ」と云いたくなる。ヨブは信仰を試されたのだという。だからおしまいに及第して自分だけは二倍の幸福を返してもらったのだというが随分チャチな例え話である。本当に神の思し召しなら、自分も癩病にかかったまま血と膿に覆われて惨死させられるはずで、それなら宇宙を過去未来永劫にわたって支配する全能者にふさわしいやり方で、雀の死と同じだから信用できる。キリスト自身も最後には民衆に唾をはきかけられ、血にまみれ、奇蹟もおこさず、神も救いに現れず、悲鳴をあげて殺されたのである。これが神の仕業の実演である。キリストは、それを実演してみせたうえで「しかしこの一切の『責任』はすべて天なる神がとるのだ。それが神だ。だから心を労するな」と教えたのであろう。つまり神なんてものはないのである。従って最後の審判は責任所在証明の絵解きということになる。あるときテレビで仏教学者が「釈迦自身は死後の世界があるとは一言も云ってません」と云うのを聞いたことがあるから、地獄極楽も同じ伝である。

ところが慾望というものは恐ろしいもので、偉そうなことを云っていても、いざ肉親が死んだとき直接頭に浮かぶ妄想は、この淋しく懐しい絵解きの方なのである。私の夢のなかでは、母も弟も発行者のちがうお血脈をふところにして十万億土の闇のなかを釈迦の膝元に向かって歩いて行くのである。儚いというも愚かだ。「神は与え、神は奪いたもう」

——何を?

キエフの海

十月七日の朝レニングラードを発って、午前十時すぎ曇天のキエフ空港に着いた。それまでの十日間、ナホトカ、ハバロフスク、モスクワ、レニングラードと、すべて雨または曇りのなかを旅行してきた。

ホテルにつき、一歩部屋に踏みこむと強い大蒜《にんにく》の匂いが鼻をつき、私はたじろいだ。泊り客の皮膚や呼吸から滲み出てベッドや壁に浸みこんだ臭気が、少しずつ絶えまなく遊離して空気をこめているように思われた。その日の昼食に添えられた一個の砂糖でまぶしたような菓子パンも、その表面を覆っている白い粒々の全部が実は大蒜そのものであった。私は一嚙みすると同時に息をつめて吐き出し、洗面所に走った。しかしかたわらの美しいグルジヤ生れの通訳A嬢はそれをゆっくりと美味そうに味わった。私は頭上につきまとう執拗な厚い灰色の雲と重苦しい胃袋を意識し、自分がいかに齢不相応な、そして場ちがいな国に来ているかということを考えずにはいられなかった。だから、午後になってからの呑気な市内見物の途中の坂道で、不意に破れた雲間から暖かい日射しが背中と石畳みの舗道とに降りそそぎ、続いて深い蒼空が見る見る広がってきたとき、私は思わず生きかえったような安堵の溜息をついたのであった。

街はずれの丘の見晴らし台に立って、私たちは(同行者のSとEとA嬢と私の四人は)眼下に展開する紅葉の森と広いドニエプル河の流れを眺めていた。右手の遠い向こうの、入りくんだ谷の高い崖の上に、玉葱状の尖塔を持ったギリシャ正教の寺院が白く光り、その手前の崖の中腹に、十字架をかかえた聖者らしい人物の大きな銅像が、後ろ向きに黒く河を見下ろして立っていた。対岸の白っぽい砂州を区切るようにして帯状の森がのび、その向こうにウクライナの平原が黄色く単調に地平線までひろがっていた。左手の直下に古い街の一部、街の対岸に橋をへだてて工場、それから建設中らしいいくつもの四角い団地住宅が立ちならび、それぞれの固有の色で午後の太陽の光を反射していた。気温は十二、三度か、しかし風がないので寒さは感じられなかった。河は遊覧船らしい船を小さく浮かべて、右から左へゆっくりと薄蒼く流れていた。

私たちをここに案内してくれたのは、ウクライナ作家同盟事務所に十七年間勤務しているという渉外係りのイゴール・ペトロウィッチ・カジミーロフ氏であった。彼は空港にわれわれを出迎え、帽をとって自分を紹介しながらひとりひとりの手を固く握り、A嬢の指先にうやうやしく接吻すると、すぐ私たちの背をかかえるように押してロビーから連れ出した。それから息を切らせて私たちの重いトランクを運び出すと、乱暴な大声を挙げて運転手を呼んでそれを積みこませた。そして毬のように膨れた身体を助手席におし入れ、片肘を後ろの背もたれにかけて私たちの方を身体ごと振りむいて

「ホテルで休んだらすぐに街を案内します」

と忙し気に云った。Aがそれを通訳した。彼は初対面のわれわれに一刻も早く自分の好意を伝えたいと熱望しているように思われた。彼はほとんど絶え間なく喋舌りつづけ、それから私の眼をみつめて、両手を顔の前で開くような身振りをしながら

「コーボー・アベ、タケオ・オクノ」

と、一語一語区切って発音してみせた。彼等も日本からここに来た！　と伝えているのだ。そして咳嗽をした。彼は肥り過ぎ、そのために心臓に負担がかかるのか、しょっちゅう苦し気に息を切らせ、そして咳嗽をしていた。余りに肥っているので腕を胸の前でゆったりと組むことができず、それをしようとすると、むしろ両手が小さい手首のところだけで合わさるような可愛らしい恰好になった。

「私は身長に較べて体重が一〇二キロもあり、血圧も二二〇あります」

と彼は嘆くような訴えるような身振りを交えて云った。

「朝も昼も食事を抜いて、晩ほんの少しだけ食べているのに少しも痩せないのです。血圧も下りません」

諦めたように「ハア、ハア、ハア」と笑い、掌を口にあてて咳嗽をした。太い赤い首の上に、眉毛のひどく薄い、瞼の垂れた小さな眼を持った二重顎の顔が、艶々と光って乗っている。三分の二ほど禿げあがった頭の後ろ側には、柔かそうな栗色の毛がもやもやと残って括れた頸に続いている。四十七になると云った。相貌のすべてが高血圧症患者のそれを示していた。

「彼は食べないと云いました。しかしパンのかわりに必ずお酒を飲むのでしょう」

Aが可笑しそうに、通訳のあとにつけ加えて云った。

街じゅうがプラタナスとポプラの街路樹で美しく黄色く彩られていた。ところどころに小公園があり、落葉が散り敷き、またある場所には逞しい栗の木やネムの木が群がり立ち、別の丘をたどる小道では片端を占めた柳の大木の並木が低く枝を垂れて視界をふさいでいた。

彼は車を降りるとすぐ先頭にたち、短く息を吐きながら、しかし少しも歩調をゆるめることなく坂を上ったり下ったりして精力的にわれわれを案内し続けるのであった。そして然るべき場所に着くとすぐにカメラを構え、私たちをならばせて、うるさくなるほど頻繁に記念撮影をした。二枚くりかえしてシャッターをきり、それが終わると駈け寄って機械をAに渡し、遠慮がちに端の方に入ってもう一枚をうつすのであった。

「これが私の第一番の楽しみです。長いことかかって、もう三百人以上も写しました。みんな整理してアルバムにして保存してあります」

と彼はやや得意気に云った。

「それから私はエロシェンコの研究もしています。彼はこのウクライナの人でした」

「それは知っています」

しかし私はモスクワの作家たちが彼はロシヤ人であると主張しているということも、友だちから聞いて知っていた。同時に私は先刻から彼に抱いていた私の内心の好意が、急に増大し焦点を結んだような感じに襲われた。私は半ば叫ぶように
「私はエロシェンコに会ったことがあります」

と云った。そして彼の小さな眼が見開かれるのを喜びの情をもって眺めた。

「彼はエスペランティストでした。私は彼の短い童話を読んだことがあります。くわしい伝記も。それを私の親しい友だちが一冊の本にしました。彼はギターが好きでした。そうでしょう?」

私は続けて云った。そして私が弾奏の手つきを真似てみせると、彼は皮膚の薄いあから顔をいっそう赤く力ませ、私をみつめて強く二、三度うなずいた。

「ダア、ダア」

彼は息をかけんばかりに顔を寄せて囁くように云った。

明るい光の洩れる公園の森陰をゆっくり歩いて行くと、街なかでもそうであったよう

に、時折り戦傷者らしい片脚や片腕の男とすれちがった。陽だまりのベンチに腰を下ろし、ステッキをかたわらに置いて静かに休息している老人たちの姿も多く見かけた。彼等のひとり、大きな顔に古ぼけたソフト帽をかぶり、がっしりとした骨太の身体をレーンコートにくるんだ七十余りの老人が、連れの男に、それから半ば私たちに聞かせようとするように、低く

「ヤポンスキー」

と云った。孫をつれた見窄らしい服装の老婆や、派手なスカーフで頭を包んだ腰のふとい中年の女が、道の中央の花壇から、たぶん植替えのために掘り起され投げ出されている真赤なサルビアの花を拾い集めていた。彼女等は乏しい花束にそれをまとめ、買物袋に入れたり大切そうにかかえたりして私たちとすれちがって行った。

翌日見物したある古いギリシャ正教の寺院で私たちは葬式に行きあたった。それは市中でただひとつ残されている「生きた」寺だということであった。数少ない蠟燭に照らされた中央の薄暗い祭壇の前に、金色の布に覆われた棺が置かれていた。粗末ななりをした数人の会葬者たちがその裾のまわりをかこみ、死者の伜らしい小柄な若い男が頭の方に立って首を垂れて泣いていた。老僧と若い体格のいい僧との二人だけが、聞きとりにくい発声で経文らしいものを唱えたり、その間に煙の出る球のようなものを棺の上で振ったりしていた。そしてその周囲をかこむ外陣を、地方からの観光団体が女案内人の容赦のない高声

の説明に従ってぞろぞろ歩いたり、立ち止まって葬式をのぞきこんだりしていた。
堂の出口に近い壁の隅に、一人の盲目の乞食が木の小箱を胸に下げて寄りかかってい
た。彼は絶えず口のなかでぶつぶつ呟きながら施しを乞い、僧の祈りの切れめごとに、そ
れから見物人の誰かが近づいて小銭を落とす度に、腕を僅かにあげて十字を切っていた。
われわれは同じ日に、入り組んだ長い迷路のようなカタコムベを持った別の古い寺を見
た。弱い電燭で脚もとを照らされた地下道を上下し、狭い洞窟の廊下の左右の窪みや、恰
も溜り場のように要所要所にしつらえられた小室ほどもない小礼拝堂の壁のまわりに、執
拗に、隙間なく詰めこまれた骸骨とミイラの群を見ることは、やはり不気味で不快なこと
であった。ある骸骨は全身を露出し、ある骸骨は顱頂部や鼻に薄くへばりついた褐色の皮
を残した首だけを汚い法衣からのぞかせて、ガラス張りの蓋の下に横たわっていた。彼等
はかつてこの地下の暗闇のなかで終身祈り続け、湿気で身を破り、破ることで尚いっそう
熱狂的に祈り、その俗人に与える恐怖で権力を握っていたのか、と私は思った。そこにあ
るものは、現世からの離脱と天国での再生への信仰ではなくて、逆に自己の肉身への暗い
執着と、残された己れの形骸に対する礼拝への飽くなき希求であるように思われた。
身体の芯に浸み透るような空気の冷たさと脚の疲れのせいもあって、私たちは自然に無
口になっていた。比較的に広い、と云ってもせいぜい八畳敷きほどの小礼拝堂の一隅に、
天井をいっそう低く掘られた一坪ばかりの暗い小室が、一方を鉄格子で仕切られて附属し

ていた。案内人が「これは教会に依託された国事犯用の牢獄でした」と云った。眼を凝らすと、奥の壁に足枷をつなぐ太い錆びた鉄環が打ちこまれていた。彼を締めつけた冷気と空腹と絶望と暗黒の光景が、生ま生ましく私の胸を突いた。

「何かが変わった」、私はこれまでに通過してきたモスクワやレニングラードや、それからここへ着いてから街や、見晴らし台や、公園や、寺院や、ホテルの食堂やロビーで見てきたすべての光景をこめて、一方でそう思い続けつつも、しかし同時に心の隅では、本当は何も変わっていないのかも知れない、というふうにも感じていた。あるいは朽ちた死骸の堆積から生理的に触発された私の感傷癖がそういうふうに私を誘導するのかも知れなかった。

地下を抜けでて地上への板張りの坂にかかり、澱んだ空気から解放されて自然光を浴びると私たちはいっせいに陽気な気分に変わって行った。南側の広いガラス窓から日光が射しこみ、それはまた外側の、私たちの目通りの高さに盛りあがった表土の見える林檎畑にもまぶしく降り注いでいた。窓のすぐ外の落葉の重なりを蹴散らかすようにして、一匹の小動物が素ばしこく動いていた。それは野生の栗鼠であった。彼は休みなく身体の向きを変え、林檎の根元を齧ったり、私たちの眼のまえ二〇センチくらいのところで何かを拾い、上体を起こしてそれを口に持って行ったりしてせわし気に遊んでいた。

カジミーロフ氏は境内の門の近くに待っていた。私たちの姿を遠くから見つけると、彼は前をはだけた小豆色のレーンコートの裾を翻して全速力で駈け寄ってきた。彼は「よかった、よかった」というような表情を満面に浮かべ、息を切らせながらポケットを探ると四角いバッジをとり出して私たちひとりひとりにくばった。それは市の名所であるピョートル大帝の騎馬像を薄肉彫りにした可愛い記念品であった。われわれがそれを各〻の襟につけ終わると、彼はちょっと指をあげて意味あり気な眼つきをしてみせ、そして胸の内ポケットからゆっくりと紙にくるんだ二枚の写真を引き出して私たちに手渡した。丘の上の無名戦士の記念塔の前に整列して笑っている前日午後のわれわれの姿であった。彼は、カタコムベの息苦しい空気と、狭い地下道での上り下りの激しい運動から、自分の肥大した心臓をまもるために外に止まり、しかしその代償として市内に出てバッジを買い求め、また大急ぎで家に帰って現像焼付けまでもしてきたにちがいなかった。

彼は、私たちがわざと仰山な感嘆の言葉をもらす様を満足気にみつめていたが、それがひとわたりすんだとみるや忽ち写真を取り戻して大切そうにポケットにしまいこんだ。そして引替えに小さな手帳をとり出すと鉛筆を私に握らせて何か云った。

「皆さんにサインして下さいと頼んでいます」

とAが云った。

私はかなり疲れていた。空腹でもあった。早くホテルに帰って休みたかった。一方で、そこの大蒜臭く生暖かい空気の充満した食堂や、同じ臭気のもっと濃密に浸みついた部屋への予想が私の気持ちを重苦しくしていた。

私たちがホテルの扉をあけてロビーに入ると、そこに一人のロイド眼鏡をかけた小肥りの女が粗末な服を着てわれわれを待っていた。カジミーロフ氏の紹介で私は彼女がエロシエンコ研究家のナジヤ女史であることを告げられ、彼女がカジミーロフ氏からの連絡によって私を訪ねてきてくれたことを知った。私は隅の方の小テーブルに二人と向き合って坐った。

「疲れているから成る可く短い時間にして下さい、と彼がナジヤさんに話しています」

とAが云った。他所目にもそう見えるのかな、と私は思った。

「いや、大丈夫。そんなことはないです」

しかし私はエロシェンコに就いての自分の無智を後悔し、カジミーロフに余計なことを云ってしまったことを悔んでいた。世話好きの彼が、私の些細な経験を彼女に向かって過大に伝えたであろうことはほぼ明かであった。仕方がない。私も悪かった。

「私にはほとんど記憶がないのです。いつのことだったかも正確に云えません。ただ、それが私の東京の中学校に入学した一九二〇年四月から一年または二年の間のことであったことはまちがいありません」

女史が丸い膝の上にノートをひろげて何かしきりに書きこんで行くのを眺めながら、そしてカジミーロフ氏が私の口もとをじっとみつめて緊張していることを感じながら、私は

Aの通訳し好いと思われる言葉を選んで、ゆっくり話して行った。

「私の話は簡単です。ある日の午後、私は年上の学生といっしょに雑司ケ谷の方に向かって散歩していました。すると突然その友人が『あっ、エロさんだ。エロさんが帰ってきた』と叫びました。そして私をその人のところに連れて行きました。その人も背の低い友人と二人で歩いていました。金髪で盲目の外人でした。友人はその人たちと挨拶をかわし、私を紹介しました。するとその人がうつむいたまま腕をのばして私の肩に置き、しばらくそのままでいました。——これで終わりです。他に記憶がありません」

そのとき、その散歩の帰り道で、私は盲目の外人がエスペランティストのエロシェンコという人で、半年ほど前インドの方へ放浪に行ってしまったからもう日本にいないと思いこんでいたのだということを教えられた。

この同行者は、私の学んでいた学園の中学の、もひとつ上に設けられていた専門部の学生で、そのころしきりに下級の私たちにエスペラントを宣伝していた。またある年の学園祭の外国語演説会のとき、彼がドイツ語で登壇し、演説のなかに「インテルナチォナーレ」という長い抑揚のついた、私たちには滑稽に感じられた言葉と「ウラジミール・イリイッチ」という単語とを何回となくはさむのを、奇妙な印象で耳にとめた。彼は私が三年生に進んだころ学校を追われ、また何年か後に西田天香の一燈園に入ったという噂を聞いた。

——ナジヤ女史が顔をあげて
「そのころ彼は雑司ケ谷に住んでいましたか」

と云った。私にはわからなかった。

「あなたはエスペラントを話しますか」

「いや全然話せません」

私たちは握手して別れ、カジミーロフ氏は彼女を送ってロビーを出て行った。


「キエフの海」というのは、その広さから名付けられた巨大な人造湖であった。

私たちは滞在の最後の日の朝、風邪で咽喉を痛めたEをホテルに残し、市街を出て灰色の雨雲に閉ざされた低い空の下を長いこと走って行った。どこでもそうであったように、車が街をはずれるに従って道が広く直線になり、家がまばらになり、道の両側の並木の後ろに引込んでスーパーマーケット風のがらんとした百貨店とレストランがはさまり、そのあたりを買物籠を下げた背の低い女が歩いていた。

突然カジミーロフ氏が運転手の肩を指で突っつき、急停車を命じて煙草を買いにやった。道を横切って走って行く若い運転手の後ろから彼は肥った身体を乗り出して何か怒鳴った。「急げ」と云っているらしかった。父親が伜をこき使っていると云ったふうな陽気さがあり、相手もそれを心得ていると云った様子があった。

「あはア」
彼は二、三回咳嗽をして私たちの方に向きなおり
「皆さんの滞在が短くなって残念です」
と云った。翌日出発の予定にしていた飛行機の席がとれず、その日の夜汽車でモスクワまで十二時間の旅をしなければならぬことになっていた。
「しかし民芸品屋にはこの帰りに寄ることができます」
われわれの泊っているホテルの食堂の広い壁面が、この地方で焼かれた無数の陶器で飾られていた。飾られていたと云うよりは、はじめから壁の中に埋めこまれていた。私はすすまぬ食事の度にそれを眺めまわし、その素朴で大まかなデザインに惹かれていた。原始的な文様、鳥か山羊か判別のむつかしい動物の絵付け、——なかに小鳥と野草とを簡単な筆つきで描いた小鉢が二枚まざっていて、それに私は最も愛着を感じていた。飽かず眺め、是非手に入れて帰りたいと望んでいた。そのことを彼にくどく頼みこんであった。
カジミーロフ氏は、駈け戻った運転手から煙草をひったくると、もどかしそうに一本くわえて火をつけ、車が走り出すと云いわけをするように
「私は煙草をやめろと云われています」
と云った。前日あたりから頻りにそれを気にしていたSが
「煙草は咳嗽と血圧の大敵ですからね。やめなければ」

と云った。

「そうです。そうです。医者もそう云いました」彼は嘆くように頷いて言葉を切った。「私の体重は前には長いこと八〇キロで止まっていました。しかしそれから急にどんどんふえはじめました。今は一〇二キロになりました。それをとめようとして煙草をどんどん吸いました。すると今度は血圧があがってきました。今は上が二二〇で下が一六〇もあります。大学病院へ行って偉い専門家の先生に診察してもらうと、煙草をやめなければ死んでしまうとおどされました。彼はその害がどんなに怖ろしいか、一時間もかけて説明してくれました」

ここで彼は、面白いことを思いついてそれで皆を笑わせようと試みる時の癖で、ちょっとひとさし指をあげ、合図の眼くばせをした。

「先生は私に説教しているあいだ、絶えず煙突のように煙を吐き続けました。だから私もそれ以来休まず、鞴《ふいご》のように煙を出しつづけています。はア、はア、はア」

彼は、してやったりと云うふうな大声をあげ、続けざまに咳嗽をした。しかしこのジョークを私は知っている。

われわれは広漠たるウクライナの沃野のただなかにさしかかっていた。あるかないかの起伏を持った草原が遠く地平の涯まで続き、森は黒く低く、地表にはまりこんだように、いく重にもかさなって横たわっていた。私たちは黙りこんで車の振動に身をまかせていた。

　ここでも郊外という言葉の単位はまるでわれわれの常識と異っている、というようなことを私は考えていた。私たちは、私たちの目的である「キエフの海」が市の郊外にあると教えられて出発してきた。また一週間まえ私たちはヤスナヤ・ポリャーナの村がモスクワの郊外にあることを聞いてそこに行ったが、それは車で六時間余り走った曠野のなかにあった。——私は頭の隅で、前の日の午後ある教会の附属歴史博物館で見たギリシャ・アンティークの発掘物と、そこの玄関わきの壁に立てかけられていた何ものとも知れぬ数個の等身大の女体石像を思い浮かべていた。発掘品はキエフ郊外で発見されたと説明され、石像も現在キエフ近郊の草原の一劃に遺されている大量の同型物から選んで運ばれてきたものだと云うことであった。石像はどれも大きい長い乳房と張り出した腰とを持ち、後ろに垂れ布のついた帽子をかぶり、二重の首飾りを胸にたらし、細い、萎縮したような腕を腹の下に組んで何かに腰かけていた。脚だけが先細りに異様に縮まり、原始土偶に酷似した形態を見せていた。或は原住民の墓標であるのか、館員の返事は五〇〇キロ離れた郊外から来たというだけで、あとはただ研究中というばかりであった。現地に男の像も混ざって存在するか否かも不明であった。そういう不思議な遺物が、郊外とひと口に云われる無人の原野に群立している光景は、私の空想を異様に刺戟した。——前日みたカタコムべでも、入口に近い廊下の片隅の一部が一メートルばかり掘り下げられて、その底に穴居先住民の遺した土器の破片が照明の下に散乱していた。この光景をも、私は今は、寺院成立以前の、原始的な広漠とした国土の土と森の上に帰して、連想的に思い浮かべていた。

「私は美しい娘を見ると、そのあと三十分くらいは昂奮して動悸が止まらないのです」

突然カジミーロフ氏が振り向いて云った。

「もう齢だから恋愛もできないと思えば一層昂奮が増すのです」

それから少し黙ってから、思い直したように
「ある日、娘といっしょに散歩しました。若い男女が十人ばかり草の上に坐って互いに悪戯っこをしていました。私は思わずかっとなって、娘に『お前はあんな醜いことをしてはいけない』と云いました。すると娘が私に云いました。『あれはお父さんの過去の姿です。そして私にとってはこれからの楽しい出来事です』。子供たちも妻も私を馬鹿にしています。妻は毎日私を苛めます。──しかし私たちは仲のいい幸福な家族です」

「それでも彼女とは恋愛して結婚したのでしょう」

Sが慰めるように云った。

「彼女とどこで恋愛しましたか。キエフ?」

「ああ」

彼の顔にやや楽し気な表情が戻った。顔が少し輝いたように思われた。

「それはこうです。彼女はモスクワ生まれの女でした。私はそのとき戦争に行っていました」

彼は十七歳で兵役につき、五年間ドイツ軍と戦った。退却を重ね、左腕に一発、右腕に二発の弾丸を受けてモスクワ郊外の野戦病院に収容された。そして傷がなおった後は、引き続き病院に勤務していた。その頃になると、既にキエフが敵に焼き払われ占領されて、故郷にはもう一人の娘も残っていないという噂が全軍にひろまっていた。彼は焦ったり諦めたりした挙句、手近な女であった看護婦の彼女と結婚してしまった。

「病院のすぐ後ろの森のなかで——あはア」

彼は私たちの顔をひとわたり見渡し、例の目くばせをしてみせた。

「私は彼女を狼の住む暗い森で捕まえました。だから今では彼女が狼になって私を苛めるのです。あはア、あはア」

彼の顔を淡い哀愁の影が走った。Sがも一度慰めるように

「子供さんは一人きりですか」

と聞いた。

「二人です。娘は十五歳で長男は二十四歳になります。彼等は私を愛しています。長男は昼間は工場に通って働き、夜は夜間大学に通って勉強しています。彼の眼が弱いので私は心配でなりませんが、彼は一生懸命やっています」

「彼もいいガールフレンドを持っているでしょう」

「ええ、しかし彼は父親の私には彼女を一度も紹介してくれません」

淋しそうに少し笑った。

「ただ何時も『僕のナターシャ』と云っているだけです。美しい娘だと云いますから私たちは喜んでいますが、しかし美しい娘ほど私は心配です。彼女は街の上流階級の娘で、父親は車を持っているそうです」

私はふと、これは息子の嘘かも知れないと思った。そうでなければいいが。

「嫁の家は自分たちより貧しい方がいいと誰でも云います。だから私はなお心配です。しかし息子が愛しているのだから仕方がありません。彼は夜学が終わると毎日彼女を家まで送って行きますから、ときどき夜中の一時ごろ帰ってきます」

上流階級の娘が夜学へ行くはずはない、と私は思った。それともこの国ではそれが当りまえなのだろうか。ことによると、その娘の家もカジミーロフ氏と同じくらい貧しいのではあるまいか。それだとうまく行くかも知れない。

「昨夜は私も妻も明け方まで起きていました。何故なら、息子が電話をかけてきて『僕は悲しい』と云って、それきり何時まで待っても戻らなかったからです。でも五時ごろやっと帰ってきました。多分ナターシャと喧嘩して、酷いことを云われたのだろうと思います。彼は大人しいし、眼が悪いから。しかし多分仲直りしたのでしょうから、私たちは喜んでいます」

不意に、行く手の低い灰色の雨雲の下に、鋭い反射を持った鉛色の帯のようなものが現れた。それは河の切れ端のようにも見えたが、また大きな湖か海の一部のようにも思われた。そしてそれが「キエフの海」であった。

巨大な人造湖「キエフの海」は、しかし実際にその岸辺に立ってみると、一個の平べったい水溜りのような構造をもつ単調きわまる湖に過ぎなかった。私が日本のダムから勝手に想像してきた山と水との美しい景観はどこにもなかった。それは雨あがりのグラウンドの中央に残された水溜りをただ無限に拡大したような、無愛想なものであった。

まわりの低い丘は削りとられたまま放置されて、荒廃の鈍い断面を湖に向かって横たえていた。いくつもの、高く積みあげられた土の山が、深い亀裂と、雨に洗い出された無数の白い砂礫をまとって、裾まわりの雑草を一面の赤い泥で染めていた。遠い水の涯は、垂れ下がった雨雲のなかにとけこんで、対岸の有無さえ見わけることはできなかった。それがどのくらいの大きさのものなのか、億劫で訊ねる気にもならなかった。

私たちは水際のコンクリートの厚い護岸の鉄柵に倚ってならんだり、「コンソモールの偉大な協力によって――」というようなことの記された大きな立看板の前に集まったりして、忙しく動きまわるカジミーロフ氏の記念撮影の的になり、それから所在のないままにその辺を歩きまわっていた。

遠い右手の岸から突き出した長い隔壁の尖端に小型の燈台様のものがあり、根元に近く小さな白い建物が立っていた。しかしそれだけで、他に眼に入るものは、依然として左右にのびて消えている凸凹の土堤と眼の前にひろがる薄濁りの静かな水ばかりであった。何を目的として造られたものか、灌漑用水か工業用水か、それとも発電のダムか、訊ねてみたが答えはなかった。インテリの通訳Aがそれを意識しないはずはないと思ったが、彼女もまた何の表情も現さなかった。

風は弱かったが、それでも水の上を渡ってくる空気は冷たかった。私たちはむしろカジミーロフ氏のために暫くこらえ、それから車に入ってもと来た道を引返して行った。

——キエフの街の民芸品店では私の期待していた小鳥草花文の小鉢を発見することができずにしまった。狭いその店に入った私は、正面の陳列棚の前に立ちふさがって動こうとしない二人の肥満した中年女と、カウンターの椅子を占領して店員相手に何時はてるとも知れぬ品定めをしている同じ年頃の、同じように腰囲りのいかつい女とに妨げられて、ただ彼女等のオーバーの隙間と肩越しに僅かの品を物色し得たばかりであった。そして私の眼に入ったかぎりで云えば、すべてが手に取って見るまでもないような無神経で粗雑な土産物にすぎなかった。結局私は空手で店を出るしかなかった。

カジミーロフ氏は私の失望の色を見ると

「もう一軒の店へ行ってみましょう」

と云って、自分でもうろ覚えらしい別の店を、運転手を叱りつけながら右曲し左折して捜し求めてくれた。しかし残念なことに、探し当てた店の扉は閉ざされていて彼の努力はまたしても無駄に終わってしまったのであった。

やがて私たちがカジミーロフ氏と別れる時がきた。われわれの胸に別れがたい親愛の情が満ちていた。ホテルの入口でわれわれは厚く礼を述べ、彼と固い握手をかわした。そして出発までの数時間を休息にあてるために各自の部屋に帰って行った。

しかし、そうして私たちが一眠りしたのち夕食をとるために食堂に降り、食事をすませて荷造りのために再び部屋に戻ったとき、私たちはめいめいのテーブルの上に一枚ずつの立派な民芸の陶板がのせられていることを発見して驚いたのであった。それは明かにカジミーロフ氏の贈物であった。直径三〇センチ、厚さ一センチほどの、あの鳥とも山羊ともつかぬ動物を描いた重い陶板であった。彼はホテルから引返すとあの店に戻ってそれを買い求め、私たちの短い食事のあいだに再び走って来て黙って置いて行ってくれたにちがいなかった。

予約しておいたタクシーに乗って私たちは少し早めに停車場に向かって出発した。だが、そこで、私たちは待合室の雑踏のなかで、見送りに駈けつけてくれたカジミーロフ氏の姿を発見して、もう一度驚かなければならなかった。彼は私たちの重いトランクをやにわに奪いとると両腕に下げ、苦し気に息を切らせながらプラットフォームを小走りに駈け抜けると、高い乗車口をのぼってめいめいの部屋に運びこんだ。そしてそれが終わると、せまい通路に立って私の手を握って強く振った。

――次の瞬間、私は両腕のうえからきつく抱き締められた。そして私の両頬に彼の唇が触れ、接吻が音を立てたのであった。私は一瞬たじろぎ、それから頬に残された僅かな湿り気を、不思議な喜びの情で感じとっていた。

彼はEとSの手を次々と握ったのち抱擁して接吻し、通訳A嬢の手の甲に唇を触れ、そしてまた手を振りながら急いで車を降りて行った。Eと私はコムパートメントに戻り、トランクを開いて寝衣とスリッパを出し、寝台に腰を下ろしてSの帰るのを待っていた。

列車は定刻通り、三十分ほどして動き出した。

「カジミーロフさんが発車するまで外に立っていてくれたんですよ」

やがてだいぶおくれて戻ってきたSが云った。

「僕が代表して手をふって別れてきました」

後悔の念が潮のように湧きあがって私の胸を浸した。私は大袈裟に云えば地団駄を踏みたかった。彼があの低いプラットフォームからSを見あげ、言葉の通じないSに向かって三十分も惜別の身振りを続けていた姿が、とり返しのつかぬものとして私の頭に浮かんだ。Sが

「好い人でしたね、本当に」

と嘆息するように呟くのを、自分に対する非難として聞いていた。

老友

二、三の国を経てパリにつき、宿をきめるとすぐ大村は旧友の半井に電報を打った。そして翌朝ホテルの帳場のかたわらの椅子にかけてコーヒーとパンの簡単な朝食をとっていると、半井の顔がドアのむこうにのぞき

「よお」

と云って入ってきた。

「大村さんは変らないね」

「おれもすぐわかったよ」

小柄な半井は汚れたマフラーの上に引きずるようなオーバーを着、古ぼけたベレー帽の端から半白の髪の毛を不揃いにのぞかせ、陽にやけて縮んだような、しかし三十年前と変らぬ眼つきをして、懐しそうにじっと彼を見た。そしてかかえてきた小さい風呂敷包みをテーブルの隅に置いて彼の前に坐った。結び目の端が盛りあがって太く垂れているその浅

葱色の風呂敷包みを、彼は奇妙な見馴れぬものを見るような感じで眺めた。

「これからどこへ行くんですか」

「今日はルーヴルをゆっくり見て来るつもりだ。それは仲間の人に案内を頼んであるから大丈夫だ。ただ明日から少し新しいものの展覧会とか画廊とか骨董屋みたいなものを見て歩きたい気があるんで、君に暇があれば連れてってもらいたいと思ってね。明日朝、今時分に来てくれると有難いが、駄目かな」

「用事なんか僕にはありませんよ。何時だって来ますよ」

煙草をくわえて火をつけ、火がついたことを確かめるようにちょっと唇から離して眺め、また口へもって行く、初心者めいたその手つきが年寄ったままに残っている。口ごもるような茨城なまりは、むしろ程度がひどくなっている。

大村は、カウンターに寄りかかって胡散臭そうな眼つきで半井を眺めている三十五、六のマダムに自分のコーヒーを指さして見せ、それから半井を指した。女が口を歪め、気のすすまぬような態度を露骨に見せて台所に入って行くと、彼は思わずむっとした。

「チップはやってあるんだ。これはおれの大事な友だちだ」と思った。

三十余年前、半井は一等兵として中国を転戦したのち上等兵となって帰還し、地方の医科大学の眼科技術員に復職した。そしてそこの医局員である大村と識りあった。もともと農家の三男坊で責任のない身分であったうえに、大学病院の下に小規模なタクシー会社を開いている兄夫婦のところに同居していたから、教室通いはほんの小遣い稼ぎという呑気な身の上であった。画家志望ではあったが美術学校まではやってもらえないので、大学に就職して教授の講義用の掛図とか医局員の一例報告用の眼底附図とかを描き、その合間には部屋に閉じこもって静物をかいたり、また週に一、二回は東京の画塾に通ったりしていたのである。春秋の展覧会にも二、三度は入選したから、その都度大村は誘われて見に行った。大同の石窟を背景に、後方に浮き出した石仏と前方に立つ警備兵とを配した黄土一色の出品作を、そのころの流行の画題とは云えよく出来た絵だと思って眺めたこともあった。

大村と半井は特別親しいというわけでもなかった。ただ命令と服従という立場から離れて、大村が絵を好むというところから比較的頻繁に彼の部屋を訪れたり、時には無責任な素人評を半出来の作品に加えたりすることが、ひとり切りで勉強している彼には幾分かの支えとなっているようにも思われた。

「ここんところにキューッと一本太い輪郭をつけたらどうかと迷ってるんですがね」

「それも面白そうだけど、かえって調子が狂いやしないか」

「この頃ひと思いに調子を崩してみたい気があるんです。大人しいばかりが能じゃあないからな」

「そりゃそうだ。思い切って引っぱってみろよ。――第一自分じゃどうなんだ」

「だからどうだろうって聞いてるんです。自分じゃあ分らねえんだ」

世界戦争に入ると半井みたいな中途半端な画描きには絵具の配給が乏しくなり、やがて大村は召集除けのため海軍工廠の病院に勤めて大学を離れ、そしてある日風の便りのような不確かな伝わり方で、彼は半井が再び水戸の連隊にひっぱられたことを耳にした。

半井は終戦後二年して、散々の態でビルマから引きあげてきた。彼はまた教室に戻り、今度はがらりと変った抽象画を描き出した。その絵の一枚を大村は上野の展覧会で見たが、それは百号余りの大画面を中央から真紅と黒とで厚く染め分けた、謂わばどこかの砂漠の大夕焼けの実景を想像させるような趣きを持ったものであって、しかしそういう連想を誘うところに却って弱味を含むように思われた。やがて彼はある有力な展覧会の一応の常連になると、昭和二十五年ごろから三十年にかけての画家渡欧ラッシュにまきこまれてパリに渡った。どういう制限があったのか、彼は「マッサージ師」という名目で日本を離れて行った。

何年かして大村が彼のことを忘れたころ、彼の兄が突然数枚の絵をかかえて彼の診療所を訪ねてきた。

「ここんとこひと月ばかり、日本中というと大袈裟だけど、まあ日本じゅう弟の絵を売って歩いているんです」

彼はにこにこしながら云った。

「弟が去年嫁貰いに戻ってきたと思ったらまた一人でフランスへ帰っちまったんでね。そうして嫁の旅費はこれで作れと云ってきたのでわしが担いで廻っているんです」

「タクシーの方はどうしてるの？」

「はあ齢だで運転はやめました。今年は割当てを三台もらって車も増えたから、留守は女房ひとりで沢山です」

絵は、どれもこれもありきたりのパリ街角のスケッチを引き伸ばしたような、気のないものであった。彼はなかから選んで一枚買い、いっしょに昼飯を食った。同門の医者に押しつけるとしたらこれ位が手頃だと思い、半井にも何時のまにか画描きの常識がついたと思った。だがパリではパリらしい絵を描いているだろう。

大村は今度の旅行に出かけるまえ、偶然のことから友人の沢田に半井の消息と住所を聞き心に再会を期していた。

沢田は一年まえに団体でパリに二泊し、半井を電話で呼んで一日の案内を頼んだことがある。

「ところが全然使いものにならないんだ。隅から隅まで知ってるなんて云って、むろん実際知ってはいるんだけど、タクシーに乗るとたんに駄目になる。つまり何時も遠くの建物で見当つけて歩いてるから、車に閉じこめられると手も足も出なくなるんだ。せまいパリに車はいらないと云われた。何しろ最低生活らしいが、相変らず呑気なもんだ」

いた」

「奥さんがいたろう？」

「いなかった。子供をパリへよこさないという条件で、二年まえ帰りの旅費だけやって帰したからもう来ないと云ってた。女の方は十年以上つきあってるアミがあるから不自由しないんだそうだ。金持ちでもないが、ベルギー女で半井の絵のファンだと云って威張っていた」

大村が

「そりゃバミだろう。ウワバミかも知れん」

と云って笑った。しかしそういう半井の生活は彼にとっては魅力があった。大村の背後に、三十余年の辛気臭い開業生活と、そのあいだに重積し彼を包みこんでしまった瘡蓋のような人間関係への、不断の嫌悪がある。

——半井は脚を投げ出し、マフラーとオーバーで着膨れた身体を椅子にはまりこませて、ゆっくりとコーヒーを啜っていた。

「ここのマダムはなかなか美人じゃあないですか」

マダムはカウンターのなかから、半井の汚れた靴のあたりを軽蔑するように眺めていた。

「一日いくらです」

「七〇フラン」

半井が部屋をじろじろ見まわして
「高いな。負けさせたらどうです。僕ならその一日分でひと月食える」

と云った。ホテルはマドレーヌ寺院の近くの小路に面した、小ぢんまりと固い三階建てで、部屋数はせいぜい十三、四か、三つ星ということになっている。主人夫婦と、何でも屋の修理工みたいな中年の男と、それから通いの掃除婦がいるきりで、食事は朝のコーヒーとパンしか作らない。

「おれの部屋へ来ないか。このすぐ上だから」

「どうせ何もないでしょう」

「そりゃそうだ」

「僕は連れが来ることになってるんです。ここで見張ってないとね」

それで思いついたことがある。大村は鍵をもらって一人で二階にあがって行き、トランクの底からビニール袋に入った焼海苔と梅干しと、それから緑茶のティーバッグをひと包み持ち出して戻った。

「こりゃ有難いな。やっぱり時々こういうものが欲しくなる。齢のせいかね」

「いくつになった。三つ下だから六十か」

「まだ五十九ですよ」

半井が苦笑した。ドアの向こうのせまい歩道を時々うかがっている。

「連れというのは外国人か。アミか」

「まさか」

半井は郊外に三階建ての古家を借りて絵を描いていると云った。日本から来たてで言葉も喋舌れず金もない若者を、入れ替りたち替りあずかっている。今四人いる。大学の助教授と、映画監督志望の男と、目的のはっきり決まらない男と、パン屋になりたい男と、それだけだが、今日来るのは二週間前に来たばかりのパン屋修業希望の男である。

「前に家にいた女の子がスペイン生まれの菓子屋といっしょになってね。赤ん坊の誕生日だというので二、三日前にこわ飯をくれたんです。それで入れ物を返しに、ここから一人で行かせようと思って。ここまで来るのもここから行くのも修業のひとつだから。しかし大村さんの方に用がなければ僕がついていってやります。行けば顔見せになります。そのうち使ってもらおうかとも思ってるし。菓子屋でちょうどいいから」

その青年はせまい歩道に立ち止まり、紙切れをのぞいてからドアをあけて入ってきた。ゆったりとした大柄な若者で、身長の伸びが止まってこれからゴツゴツしはじめる、その一歩手前みたいな、少年らしい血色と柔かさを頰のあたりに持っていた。パリへどうして来たのだろう。

「ふーん」

ひかえめに、にこにこしながら上体を僅かに曲げて挨拶する彼を見て、大村は何ともつかない顔をした。

かずそう思った。

大村はルーヴルには何回か行った。時間を充分かけ、ゆっくりと何度も歩を返して眺めた。市中見物は、遊覧バスの二階の硝子窓の内側から、途中乗降りなしの三時間ですませた。セーヌ河は一度か二度、これがそうかと思って眺めたが、河岸に近寄って立つことはなかった。言葉もわからぬし、ただブーローニュの森などを気儘に散歩していた。パリに対する知識は少しもなかった。三週間まえ日本を出発して以来ずっと、自分の老人らしい消極性を気持ちよく思って、それに身をまかせることに楽しみを感じてきた。今さら新しい場面を知ろうとは思わなかった。その気を起こしたところで、もはや何ほども自分が活力を得ようとは考えられなかった。分相応の好奇心を満たして行くだけで沢山であった。

大村は脚の達者な半井の案内に従って、パリの街をあっちこっちと、ただ文字通りに歩きまわった。ごくたまに地下鉄に乗ることがあると、半井はやはり乗替えごとにとまどうので却って面倒であった。行く先は、大村の希望に従ってほとんど美術館と画廊と、近東ものの蒐集家の私邸と、骨董屋にかぎられていた。半井は彼が

「ここらでコーヒーでも飲もう」

と云い出すまでは休もうとせず、彼が公園のベンチに腰を下ろしても、煙草をくわえて話しを続けながらまわりをぐるぐる廻っていた。交叉点を横切るごとに、大村は、赤青ランプおかまいなしに渡ろうとする半井の腕をかかえこまねばならなかった。

「なあに怪我すれば却って、二、三千フランは儲かるんだ」

と彼はうるさそうに呟いた。しかし他所から見たら、お互いにいたわりあって散歩する二老人にちがいない、苦笑するように大村は思った。

十月下旬の一週間というのが、パリ見物人にとっていい季節なのかどうか、彼にはわからなかった。毎朝、ホテルの部屋のせまいふたつの窓の硝子ごしに見上げる空は灰色に曇っていた。森のなかの湿った厚い栗の落葉を踏んで散歩していると、ほんの僅かのあいだ脚下に陽が洩れてくることもあったが、丘の上から街を遠望していると突然の驟雨に見舞われることもあった。一日じゅう小雨が降り、画廊巡りを切りあげて戻ると、窓の下の、手のとどきそうなホテルの台所で、マダムが野菜をきざんだり皿を洗ったりして自分たちの夕食を作っているのが見えたりした。そこだけが黄色っぽく明るく、他には眼の前をふさいで暮れかけた灰色の壁とその上の屋根で区切られた薄墨色の空があるだけであった。

しかし、半井は眼に見えて元気になって行くふうに思われた。そして彼の縮小した顔のなかに、昔ながらの出ッ歯や、人をのぞきこむようにする眼つきを再発見するにつれて、大村の消極的に閉ざされた胸もゆるく開いてくるのであった。そして一方で彼は、半井の呼吸にまざる強い大蒜の臭気を、異国人のものとして感じもしていた。

「ルーヴルは彫刻じゃやっぱりニケだな」

「ニケか、誰でも云うよ」

半井は気のなさそうな返事をした。羽搏くニケの像は大村に圧倒的な印象を与えた。写真とはまるでちがっていた。

「彫刻の彫刻だと思ったな」

半井が
「じゃあエジプトやメソポタミアはどうなんです」

と云った。

「やっぱり強いね。ああいうのは、類型的と云っても型自体が力と美を持ってるという感じだね」

「型自体か。今は型なんかねえんですよ」

画廊を軒なみにひやかしながら、半井は一軒ごとに
「どうです」

と彼の意見を求めた。

「つまらない」

たいがいの場合、彼は十秒余りで出た。それらはみな三流四流の小画廊なのかも知れなかった。たまに彼の知っている画家の作品を数枚ならべている店もあった。しかし九分どおりは迎合的な、それだけに通俗的な色気で変り目を見せているだけの下らぬ作品に過ぎなかった。

半井はそれらの画家を競争者として意識している。彼は素人の大村が興味なさそうに歩道に出るごとに

「たいしたことないでしょう」

と同意し、しかし大村が画描きの苦しさを切り捨てて平気でいることに憎しみを感じているに相違なかった。

「必然性がないよ」

「必然性って何です」

コーヒー店の椅子に坐り、二人はそれぞれ歩道の方を向いて、煙草をくわえてしばらく黙っていた。

「おれみたいな素人にも何かを与えるということだよ」

「素人にわかるように描くんなら、何も苦労はいらないよ」

「つまり変り方に自分の必然性がないということだ。他動的なんだ」

半井が

「そんなことを云ったって、必然的か他動的か、偶然か、画描きの方は描いてみなければわかりませんよ。思いつきが必然のはじまりになることだってある。そっちの方が多いくらいですよ。自分でどうなるか、わかるくらいなら苦しみやしない」

そうだろう、と大村は思った。これまで見てきた四つか五つかの美術館には古今の傑作

が充満していた。三日か四日でもそれを感じることだけはできる。ああいう集積に二六時中とりかこまれていれば、画描きががんじがらめになるのは当然だと彼は思った。その歴史は余りに部厚く余りに圧倒的だから、彼等はもはや何をやるべきか、何をやったらいいかと考えるより、自分はとにかく何かを手探りでやるよりほか仕方がないのだ、という半分捨鉢みたいな気になるだろう。おれの冷淡な云いかたにムカつくのは当然だろう。

半井が

「あしたポリヤコフの個展を見に行こう」

と云った。彼の表情に自信らしいものが蘇っていた。

「そうすればあんたの考えがわかる。おれは金があればあいつの絵をみんな買ってしまいたいくらいなんだ」

「そりゃ有難いね」

「たいしたやつですよ」

大村は半井に訊ねて金を払い、カフェテリヤを探してぶらぶらとプラタナスの並木の下をホテルの方角に向かって歩いて行った。

「大村さんは女を買いに行かないんですか。飯を食ったら裸踊りでも見てそれから行ってみませんか」

「そんな気はないな。どうせわかってるもの。女だってもう別に不自由は感じないよ」

「へえ、珍しいことを云うね」

「みんなせっかく来て損だと思うから行くだけだろう。だいいち君には奥さんもあればアミもあるんだろう。そりゃ不正直だ」

「正直ですよ。人間として不正直なのは大村さんの方じゃあないですか」

彼はギクリとした。半井の言葉が虚を突くように鋭く彼を刺した。彼の胸のなかに長いこと嫌悪をもって意識され、今は消え去ったと思っていたものが、突然皮を剝がれて露出したように思われた。

「そうかも知れないな」

彼は苦笑した。しかし半井の誘いに乗る気は起こらなかった。

「まあやめとくよ」

「女に手を出さなくちゃあ駄目です。それが真実の人間でしょう？　坂田さんなんかのことを仲間で悪くいうやつらがあるけど、僕は立派なもんだと思っている」

画描きの坂田は七十になる。フランス人の細君を東京においたままパリに来てまたフランス女と同棲したが、つれてきた息子がそれと通じて子供ができたので、結局自分がおんでてしまった。冷凍から戻したハンバーグをつつきながら半井はそんな話をした。

「絵の方はますます元気になりましたよ。また女ができるでしょう」

「日本で長いこと医者をやってると、おれみたいになるのかな。おまえさんはパリで大蒜を食ってるせいだろう」

「大蒜はいいよ。すこしいかれた刺身でも、あれをかけるときゅーっと締まってプルプル震えるからね。あさって僕のとこへ来ませんか。食わせるから。パリへ来てこんなハンバーグなんか食ってるのを見ると可哀想になる」

「分相応だよ」

ポリヤコフの絵は大村を喜ばせた。近代美術館の広い二部屋を占めて展観された彼の抽象画は、むしろ古典的な骨の太さで大村を打った。緊張と気迫のようなものが部屋をこめていた。四角い色紙を重ねたり組みあわせたりしたような構図の繰り返しであったが、すみずみまで絵具の置きかたに神経がゆきわたっていて、でたらめでも思いつきでもない、確かにそれは彼自身から生まれたものであった。

「まったく、おれが金持ちなら、こいつらをみんな買ってしまいたいくらいだ。ねえ、大村さん」

半井は昂奮して、催促するように彼を眺めたり、駈けまわったりしていた。彼は前日見たアンリ・ルソーの、鬼みたいな大口を開いて疾走する黒馬にまたがっている少女の大画を想い出していた。日本では予想もできなかった迫力と、美術の持つ不気味さがそこにはあった。あれとこれとには、どこかに共通点がある、何だろう、というようなことを彼は考えていた。

「感心したよ」

美術館の前庭のベンチに腰かけて、大村は欄干越しに街の方を眺め
「しかし疲れた」

と云った。欄干にもたれて下の公園を見下ろしていた半井が、ふり向いて
「僕も帰るまでには論文をひとつ書かなければね」

と云った。半井の頭に、彼がかつて勤めていた医局の医師たちが研究のひとつの区切りとして学位論文を作成するという習慣の記憶が残っている。今彼はそれを何らかのオリジナルな仕事の象徴として自分にあてはめて、大村に訴えているのであった。

「もう十八年にもなるからね、僕も」

「どうしてこっちから作品を上野の展覧会に送らないんだ」

「中途半端なものを送ったって仕方がないよ。いま新しいものを考えているしね」

急に彼は
「これから僕のところへ来て絵を見てくれませんか。帰りはちゃんと送って行くから」

と云った。

「おれが見たってわからないよ」

「わからなくたっていいです。米の飯を食わせるから。——何かちょっと云ってもらえばいいんです」

自分が行けば却って悪い結果になるかも知れない。しかしことによると彼を元気づけることになるかも知れない。おれは批評家じゃないし、彼も本気であてにしてるわけではない。だが気安めくらいにはなるのだろう、と大村は思った。それにマルヌ河も彼の生活も見ておきたかったのだから、その方を主に考えればいいのだと大村は考えた。

半井の家はパリの東のマルヌ県シャムピニー町というところにあった。新しくできたという地下鉄の駅を降り、バスに乗り替えてしばらく行くとマルヌ河を渡ってその町に着いた。河の幅は頭に描いていたそれの半分にも及ばなかったが水はたっぷりと満ち、橋の下に小さな洗濯場のようなものがしつらえられていた。柳の大木が細く黄ばんだ葉をつけて、曲った幹をその上にのばしていた。

半井がどんどん歩きながら

「ここはスターリン通りと云うんだ。こんな旧式な名はロシヤじゃとっくになくなっているんでしょう?」

と云った。大村はソ連をまわってやって来た。半井は道端の小さなガソリンスタンドに入って行き、そこの車洗い場のわきの低い囲いを身軽くまたいで向うに降りた。反対側の一段下がった地面に足台の林檎箱が壁にくっつけて置かれていた。

「これが僕専用の近道なんだ」

と彼は云った。

百姓らしい隣家の裏庭の叢を横切ると、大村の重いオーバーの裾に黄色い雑草の種が無数にたかった。

半井の借家の予想外の立派さに彼は驚ろいた。石積みの小さな門柱の頭に、テレビ映画でよく見る石製の植木鉢のような飾りが乗っていて、鉄格子の扉と低い石垣の内側には自生らしい灌木やエニシダが乱雑に生い茂っていた。

「野兎がここで殖えるんで、はじめのうちは捕まえて食ってたけど、このごろ近所から庭を荒らすと云って苦情が出たから木を切ってしまったんです。兎の穴からイランの三彩の鉢のかけらが出て面白かった。僕の絵に使ってやろうと思ったが、うまく行かなかった」

荒廃した感じはそのせいかと彼は思った。

「家主の婆さんは八十くらいでパリに居るんだけど、強情なやつで、こっちは木を切っちゃいかんと云うしね。しかし人は好いし家賃は安いから」

頭を出した地下室の石組みの上に一階二階それから屋根裏と鎧戸のついた小さい窓がのぞいていて、腰が高いので一層丈が立ちあがって見えた。横手についている二、三段の手擦りつきの石段の上に入口があり、入るとすぐ暗い短かい廊下と便所と台所と、それから居間のドアが、せまいひとところにかたまっていた。家つきらしい岩丈な居間の家具は野暮くさい飾り彫刻に飾られ手入れなしに放置されていた。すべてが薄汚なく、いかにも男だけの寄り合い所帯らしい空気があたりにただよっていた。

居間の奥の半井のアトリエは、おびただしい半できの絵と、裏返して壁につまれた古いカンヴァスと、紙切れに描かれた画稿と切り抜かれた色紙と、それから展覧会の目録みたいなもので埋まっていた。

大村は半井の習作を次々と見て行った。画面を正中線でわざと折半した堅苦しい構図や、意表に出ようとする意図の露骨に見える色の組合せや、全体として不快感を誘発せずにおかぬ、従って呑気に眺めることを拒否するような姿勢が、彼の画面を支配しているように思われた。それらのすべてが彼の焦燥から生み出されていることは明かであった。しかし同時にそういう彼への理解が絵そのものへの共感にならぬことも確かであった。よく新聞などで個展評の見出しにされる「滞仏×年間の集大成」といったようなものは、彼の場合にはその気もなかった。何もかもばらばらであった。半井の内心を支配している切迫感と痛ましい迷いと自信喪失が彼の胸を打った。

「むつかしいもんだなあ」

大村は辛うじて息を圧し出すようにそう呟くしかなかった。

「おれも人間の視野とはいったい何だろうと思うことがあるよ。そんな一般的なものがこの世にあるのかしらん。個人の視野があるだけじゃあないか。絵でも何でも」

「僕も息子のかいたでたらめ絵を見てそう思うことがある」

彼は沈んだ眼つきをしていた。それから気をとりなおすように

「ええと、あれはどこへ置いてあったかな」

と呟いた。

半井が居間へ入って画集を引っくり返している。それをしおに彼も固まったような腰をあげて居間へもどって行った。

大型のスケッチブックの間に重ねてはさまれた十二、三枚の抽象クレヨン画は、どれも気持ちよく流れ出るような温雅な線と色調をもっていた。気のせいか、でたらめというよりは画描きに近い垢抜けした感覚で描かれていた。ギクシャクと突き当たるような半井のそれとはおよそ正反対の趣きを持っていた。或はフランスで育った自然の感覚から生まれるのかも知れない、と彼は思った。

「七つだったかな」

「ええ、どうです。とてもかなわんでしょう」

「かなわんかね」

半井が一枚一枚を自分で調べるように凝視してから彼に手渡すさまを、彼は、ポリヤコフの個展で示した鑑賞ぶりに近いと思いながら眺めていた。子供の絵を見ているというふうはまるでなかった。それはいかにも画描きらしかった。こういう無差別さは自分にはないと彼は思った。

流行の髭で若い顔を縁取った背の高い男がドアをノックし長崎訛りで

「先生」

と云って入ってきた。手にした笊に二十糎ばかりの生魚が十五、六匹盛りあげられ水が垂れていた。

「これでいいですか」

「こりゃ鰯じゃねえよ」

半井が確かめるように大村を見た。鰊らしかった。

「僕もそう思ったんですが、何て云ったらいいかわからんものですからね」

「まあいいや。いくらした？」

青年が値段を告げると
「安かねえよ。釣りはもらってきたろうな」

「ええ」

「じゃあ塩焼きにしよう」

半井が大村に
「言葉がわからないとごまかされるんだ。フランス人はずるいからね。あの男が映画監督志願です」

と云った。三十分ばかりすると、一見してわかる年長の助教授が、やはりドアを叩いて
「先生」

と呼んでから、飯と鰊の塩焼きとバタいため、それから胡瓜の味噌汁を運んできた。大村は満足の念でその様子を眺めていた。

「あの連中のフランス語はどうするんだ」

「この近所の漁師の娘を一日おきに雇っている。一回二フランずつ出し合って結構やってます。娘だってもうかるしね」

「ずいぶん安いな」

「そうですか。向こうだって遊び半分ですよ」

「漁師なんかここにはないだろう」

「先祖がやってたんでしょう。雑貨屋ですよ」

大村が思い出して

「パン屋はどうだった」

と訊ねた。

「フランス語が喋舌れるかなんて云やがった。ひと月もしたらまた連れて行きます。創価学会の癖にケチケチしてやがるんです」

そのスペイン生まれの菓子屋の主人は創価学会員だと彼は云った。彼の家に下宿していたその細君は信者でも何でもない。半井の細君がパリの学会支部に出入りしていて新入りの菓子屋と識り合い、その縁で結ばれた。信者になったおかげで菓子屋は急に繁昌している。

不思議な光景が大村の頭にうつし出された。スペイン人の亭主が団扇太鼓を叩いてお題目を称えている。日本人の細君がその横で無関心に赤ん坊の靴下かなんかを編んでいる。

「君は支部へ行ったことがあるの？」

「ありません」

三百フラン小遣いを寄附し、暗い道を送られて大村はホテルに帰った。

彼は翌々日の午後ひとりで、最後のルーヴル訪問にでかけた。頭に残った作品を、出発を前にしてもう一度ゆっくりと眺めるつもりであった。気に入った絵の飾られた部屋で疲れた脚を休め、また未練に誘われてもとの部屋に戻ったりしてぐずぐずと何時までも歩きまわっていた。あるところで、彼は天井の低い洞穴のようなわき道に入って行った。それは、ルーヴルに街道みたいなものがあるとして、それをはずれた人影のない、十畳ばかりの二、三室をつなげただけの廊下のような陳列場であった。ホルバイン、デューラー、クラナッハを中心とした北欧ルネサンスの画家たちの小点が、一様に暗く、冷たい空気に包まれて、あたかも忘れられたもののように掲げられていた。それらの肖像の主は、光の乏しい背景のなかから黒い鍔広帽子の存在を微かに浮き出させ、黒褐色のビロードの上衣の襟元を縁取る強い白色のアクセントに支えられて、きつく閉じられた薄い唇と意力に満ちた青い眼の先を静かな部屋の空間に放っていた。華かな表街道とは全く裏腹な陰気っぽさがあたりを支配していた。画学生らしい粗末な身なりをした若い女が、クラナッハの前に画架を立てて模写をしていた。他に誰も入ってくるものはなかった。貴婦人らしい青味を帯びた肖像画の横顔と、白粉気のない頬に雀斑のぱらついた画学生の膨れた健康そうな顔を、彼は好意を持って見くらべていた。彼女がうさん臭そうな視線を彼に送ってくるのを、「無理もないが、私も同類です。私もこの画家たちの愛好者です」というような気分で受けとめていた。

不意に彼の胸に、半井のアトリエで見た数枚の画稿の画面が思い浮かんだ。彼は手帖をひろげ、ホルバインのエラスムス像の前に立つと、その頭にかぶったベレー風の饅頭型の帽子の輪廓を写しとった。それから二、三歩ずってクラナッハの肖像の黒い鍔広帽の形だけを、顔の部分からはなして写した。

——半井の考え出し進めようとしていた構図は、どれもこれも、鋭い直線のエッジで分割された原色の色面の中央に黒い楕円を置いたものであった。彼はべったりと墨を塗った楕円形の切り紙を、色々に組み合わせた色面の真中に虫ピンでとめては、壁に立てかけて大村の感想を求めた。

「この円はどうしても真中をはずす気はないのか」

「はじめからど真中に置くつもりでやってるんです。色だってベタ塗りに真黒に、わざと囲りと折り合わないようにしようと思って選んであるんだ」

「おれみたいな気の弱いのが見てると肩が凝って眼をそらせたくなる。胃の辺が不愉快になるよ」

「だからそこを突き抜けて行きたいんです。見たくないやつにも結局は見させたいんだ。妥協したら駄目だ。どうしたらいいだろうね」

「おれに聞かれたって困るよ」

あの時の黒い楕円の印象が肖像画の真黒な帽子の形と結びついている。あののっぺりと無神経な楕円を、一部切れこんだ或は歪んだものに変えるやり方だって、試みる価値はある、と彼は思った。——しかし半井は拒否するにちがいなかった。彼にとって、あれは無かすべてかの問題なのだろう。それに、こんなものを写したところで、どうせ明日おれは半井に見せずに別れるにきまっている、と彼は考えていた。

あとがき

発表雑誌と枚数と年月日を掲載順に記すと次のとおりである。

愛国者たち（百八枚）　群像　昭和四十七年八月
孫引き一つ（十四・五枚）　季刊芸術　昭和四十八年春
接吻（三十五枚）　文芸　昭和四十五年十一月
山川草木（三十枚）　群像　昭和四十七年十一月
風景小説（二十二枚）　文芸　昭和四十八年一月
私々小説（二十枚）　すばる　昭和四十八年六月
キエフの海（三十二枚）　文学界　昭和四十六年三月
老友（二十八枚）　群像　昭和四十六年十月

「愛国者たち」は客観小説で他は私小説ということになるのだろうが、私の考えでは同じ小説である。「私々小説」は文字通り私倍増小説という意味である。鰹のブツ切りに生薑醬油をかけて食ってもいいし、牛の生肉にニンニクと塩とチーズをまぶして食ってもいい。鰹のブツ切りは西洋にないから人間の食物でないという人は馬鹿だと云われても仕方ないだろう。そういう人の云うことを信用して無理な小説を書いている人はずいぶん割りが合わないと思う。第一もうそんな世の中ではないだろう。

またこの本をまとめるにつき小孫靖氏、杉山博氏のお世話になった。殊に小孫氏には我儘を云って装幀までしてもらった。記して謝意を表する。

昭和四十八年十月

藤枝静男

変動のただなかで模索する

解説

清水良典

一九七三年に刊行された本書『愛国者たち』は、藤枝静男の十冊目の著作に当たる。『空気頭』(六七)から『田紳有楽』(七六)にいたる、作家として膏《あぶら》ののった時期の真ん中に位置する代表作のひとつである。表題作は津田三蔵の引き起こした明治二十四(一八九一)年の大津事件を資料に基いて小説化した、著者としては異色の歴史小説である。しかしこれには、前身というべき著者二冊目の『凶徒津田三蔵』の存在があった。作品に即していえば、「凶徒津田三蔵」は六一年の「群像」一月号に掲載されており、「愛国者たち」は同誌の七二年八月号に掲載されているから、十年余りを隔てて著者は大津事件に二度も取り組んだことになる。歴史小説とあまり縁が濃いと思えない藤枝静男が、そこまでこの素材にこだわらなければならなかったのはなぜなのか、という素朴な疑問がまず起こる。それはまた、平林たい子文学賞を受賞した実績があるにもかかわらず、本書が他の代表作

藤枝静男氏（昭和51年5月撮影）

――『空気頭』や『欣求浄土』『田紳有楽』に比べて、藤枝文学の愛読者からも今ひとつ言及されることが少ない理由でもあるように思われる。

藤枝が歴史小説の執筆に関心を抱いたのは、彼が師と仰いで傾倒した志賀直哉がかつて徳川家康の正室「築山殿」について小説に書こうと企て調査を続けながら書けなかったことを知って以来ではあるまいか。七四年に書かれた随筆「志賀直哉と築山殿のこと」において、五一年に上京し志賀邸を訪問した際に聞いた「築山殿という女が家康にひどく嫉妬するんだが、その病的な感じに興味があったんだ」という志賀の談話を紹介したうえで、藤枝は次のように書いている。

《それはそれとして、私には何故志賀さんが築山殿みたいな病的な女を書こうとしたのだろうという、それを知りたいような気持ちは残ったのである。今でもわからない。

しかし志賀さんの小説には、自分の浮気と妻の嫉妬を材料とした一時期の小説、妻の姦通を主題として書いた「暗夜行路」の序詞と後篇、「雨蛙」「范《はん》の犯罪」など、そういうシテュエイションが何となく氏の気持ちを刺戟し本気にさせるらしいという気配だけは感じるのである。これは私にとってはちょっと思いがけぬポイントで、自分でも意外な気がしているのである。》

愛国心という以上に暗い狂気を宿した津田三蔵の生涯を、あたかも私小説のごとく描いた「凶徒津田三蔵」は、いわばこの志賀流歴史小説の構想の「思いがけぬポイント」を示唆されたことから生まれたといってもいいのではなかろうか。零落士族の惨めな家門への嫌悪と周囲への軽蔑、そこから抜け出ようとする反抗心と優越心がどんどんいびつに鬱積していく三蔵の心は、藤枝が若いころの自身に見出してきたものの延長に、いわば自己嫌悪と憐憫を塗りつけたもう一人の自分のように描出されていた。

幽鬼のごとく嫌悪と憤怒に蝕まれた三蔵がついに、来遊したロシア皇太子ニコラスに斬りつけるまでを描いたのが「凶徒津田三蔵」だったが、十一年後に書かれた「愛国者たち」はその大津事件の客観的な再現を冒頭にし、大国ロシアの報復に怯えて日本中がヒステリー状態となるなか、ニコラスの怒りを詫びて鎮めるために京都に赴き府庁門前で自害した畠山勇子、さらに三蔵の超法規的な死刑を画策する閣僚たちの圧力に抵抗し大審院長として法の自立を守りぬいた児島惟謙の人物と言動を描いている。さらに付録のような小編「孫引き一つ――二人の愛国無関係者――」には、三蔵を取り押さえる功績を認められ英雄扱いされた車夫たちのその後の人生が語られた。「凶徒」から「愛国者たち」というタイトルの変化には、たんに扱う対象が個人から群像に発展したというだけではなく、彼らの行動と心理に対する作者の視座の変化が明瞭にうかがわれる。すなわち狂気を宿した個人への関心に留まらず、無力な人間が周囲の状況に呑まれて短絡的な行動に走る愚かさと滑稽さを、冷静に観照する目線に他ならない。

当時の日本の状態は、作中で次のように記述されている。
《凶報が伝わると同時に、全国の小学校は二日間の臨時休校となり、各府県の神社仏閣では二コラス平癒の祈願が行われ、歌舞音曲は停止されて花柳界は自粛休業となった。（中略）山形県最上郡金上村にいたっては早くも十二日に緊急村会を召集して「第一条　本村住人ハ津田ノ姓ヲ付スルヲ得ス。第二条　本村住人ハ三蔵ノ名ヲ命名スルヲ得ス」という村条例を可決成立せしめたのであった。三蔵の家族は十九日町内退去を命ぜられて放逐された。》

前半の「自粛」ムードについては昭和天皇の死の前後に私たちも経験しているので、さもありなんと想像がつくが、氏名まで条例で禁じたという後半のエピソードにはちょっと呆れてしまう。畠山勇子の行動も、このような「正も負もひっくるめて動揺し混乱しながら変貌し勃興して行く帝都東京の空気」に、新聞や伝聞で感染したことによって衝き動かされたものであった。国家中枢の要職を担う者たちの狼狽ぶりも同様である。元総理大臣の元老伊藤博文のもとを農商務大臣の陸奥宗光と逓信大臣の後藤象二郎が訪れ、刺客をやって三蔵を殺し病死と発表してはどうかと提案して「馬鹿を云うな」と退けられている場面が作中にある。

津田三蔵も含めて、そんな彼らを「愛国者たち」とこの作品が呼ぶとき、そこには近代日本の国民国家形成期における、狂気と区別しがたい〈愛国心〉そのものへの批評的なまなざしが浮き上がらざるをえない。それはまた、変貌しつつある歴史的な局面に立たされたときに、人間たちが陥る宿業の姿ともいえるだろう。もはや個人の来歴や性質ばかりに還元しえない集合的な熱狂や信奉の実態に、作者の観察は拡張されているのである。「凶徒」と「愛国者たち」を隔てる十年余りは、このような成長を藤枝静男にもたらしていたのだ。

だが、それは決して冷徹に見下ろして裁断する視線ではない。

本書の「接吻」に、上野の博物館に出かけた「私」が「ストリップまがいの、九分通り裸体の若い女が、長い脚をのばして十人ばかり駈け下りてきた」光景に出くわす場面が出てくる。そのパフォーマンスに加えて、「エレキバンド」の「割れ鐘のように破裂し、強い振動をともなった轟音」が響く。ところがそれに接した「私」は、嫌悪ではなく「半ば呆然として、胸を吹き抜けて行く爽快な感覚」を覚えるのである。

この作品が発表された一九七〇年は、高度経済成長のさなか、学生の反体制運動やロック音楽やアングラ芸術などのカウンター・カルチャーが花盛りのころだった。生活がどんどん豊かになり、アメリカ伝来のサブ・カルチャーを自国の文化のように享受して育った戦後生まれの世代が成人し、前世代の文化規範に反旗を翻していた。その歴史的な変動のうねりのようなものを、ここで「私」は敏感に感じ取っている。愚かと一蹴してもよかったはずの若者たちの狂騒と熱情について、「私」は第一次大戦後のダダイズム運動と比較して、「歴史的くり返しだ」と述べたうえで、次のように考えるのだ。《そうなると、終点のない破壊行動を無限に続けているゲバ学生なんかもこの部類に入れなければ不公平になる。結実不能の未来に向かって虚しくエネルギーを注いでいる学生たちは、しかしただそのことだけで記憶されるにちがいない。──とにかく、前衛芸術家もアングラもゲバ学生も、彼等は一様に行きづまり、頽廃し、脱落して消え去って行く運命を荷っていることに間違いはない。》

このように述懐されるとき、パフォーマンスの若者たちや「ゲバ学生」が津田三蔵や畠山勇子と同列に置かれていることは明らかである。そして「私」は、「結実不能の未来に向かって虚しくエネルギーを注いでいる」彼らを虚しい「歴史的くり返し」と認識しながらも、胸の奥底では自分には真似のできないそのエネルギーに憧憬しているのである。

この作品はタイトルどおり、接吻を目撃した体験談から成り立っている。天竜川上流の滝の前で抱き合っていた一組の男女、そして博物館の休憩室の真ん中であらわに抱擁と接吻をつづける長髪の男女。彼らの行為は、「私」が博物館で目にした「流行のプラスチック製の型取り像」、つまりレプリカの観音と似ている。つまり欧米人の習慣の型をなぞった模倣であるはずの接吻に、人目もはばからず（むしろ十分意識して）没頭する男女を動揺とともに観察しながら、「私」は「型でもいいから誰かに接吻してもらいたいと祈願している」自分を自覚している。

熱狂する人間のエネルギーへの虚しさと羨望の二重性。――その相反した心を内蔵した藤枝静男の老境の、そして成熟の視線が、本書のあちこちに見出せる。

歴史的な変化の局面は、本書でしばしば芸術や文学、信仰への論議をともなって立ち現れる。前述の「接吻」の場面のあとにも、次のような言及がある。

《すると私の頭に、これは或る種の小説にも、またあのプラスチック製の観音にも、よく似ているという考えが浮かんだ。小説理論がなければ小説にならないと思いこんでやっていると、ああいう肉体肉感抜きのものができあがると思った。他所から仕入れた型菓子を作ることは楽だが、自分で菓子だと信ずる菓子を作ることは楽ではない。なかには、他人に菓子の説明をしておいて自分は奥で酒を飲んでいる人もある。》

小説もまた「小説理論」に従った「他所から仕入れた型菓子」のように作られることがある。そうした「或る種の小説」のほうが高級で先進的と評価されがちなのだが、「私」にはそれは「肉体肉感抜きのもの」としか思えず、肯うことができない。男女の接吻の衝撃は、こうして「私」の内部で一種の小説論として変奏されるのである。

このような芸術論的なアプローチは、三人称「大村」で語られた「老友」で、フランスに住む美術家の旧友と交わされた芸術をめぐる議論に、最もよく表れている。「意表に出ようとする意図の露骨に見える」旧友「半井」の画は、フランス画壇で地歩を築こうと悪戦苦闘してきた彼の「切迫感と痛ましい迷いと自信喪失」を「大村」に感じさせる。しかしその不快感を誘発させるような抽象画は、半井の野心の「正直」な反映なのである。それに対して大村は、ルーヴル美術館で見たニケ像の「型自体」の力と美に圧倒され、またルーヴルの「わき道」のような陳列場で「忘れられたもののように掲げられていた」ホルバイン、デューラー、クラナッハなど北欧ルネサンスの画家たちの「華かな表街道とは全く裏腹な陰気っぽさ」に心を打たれるのだ。

彼は半井のアトリエで見た習作を思い出す。「構図は、どれもこれも、鋭い直線のエッジで分割された原色の色面の中央に黒い楕円を置いたもの」だった。そして大村はホルバインとクラナッハの肖像画から、帽子の楕円の輪郭だけを手帖に写し、次のように考える。

《あの時の黒い楕円の印象が肖像画の真黒な帽子の形と結びついている。あののっぺりと無神経な楕円を、一部切れこんだ或は歪んだものに変えるやり方だって、試みる価値はある、と彼は思った。――しかし半井は拒否するにちがいなかった。》

美術に対する思想の相違を描きながらも、ここに書かれているのはほとんど一種の文学論――藤枝流の小説論であるかのようだ。

激変を続ける美術界でしのぎを削る半井の「切迫感と痛ましい迷いと自信喪失」を、文

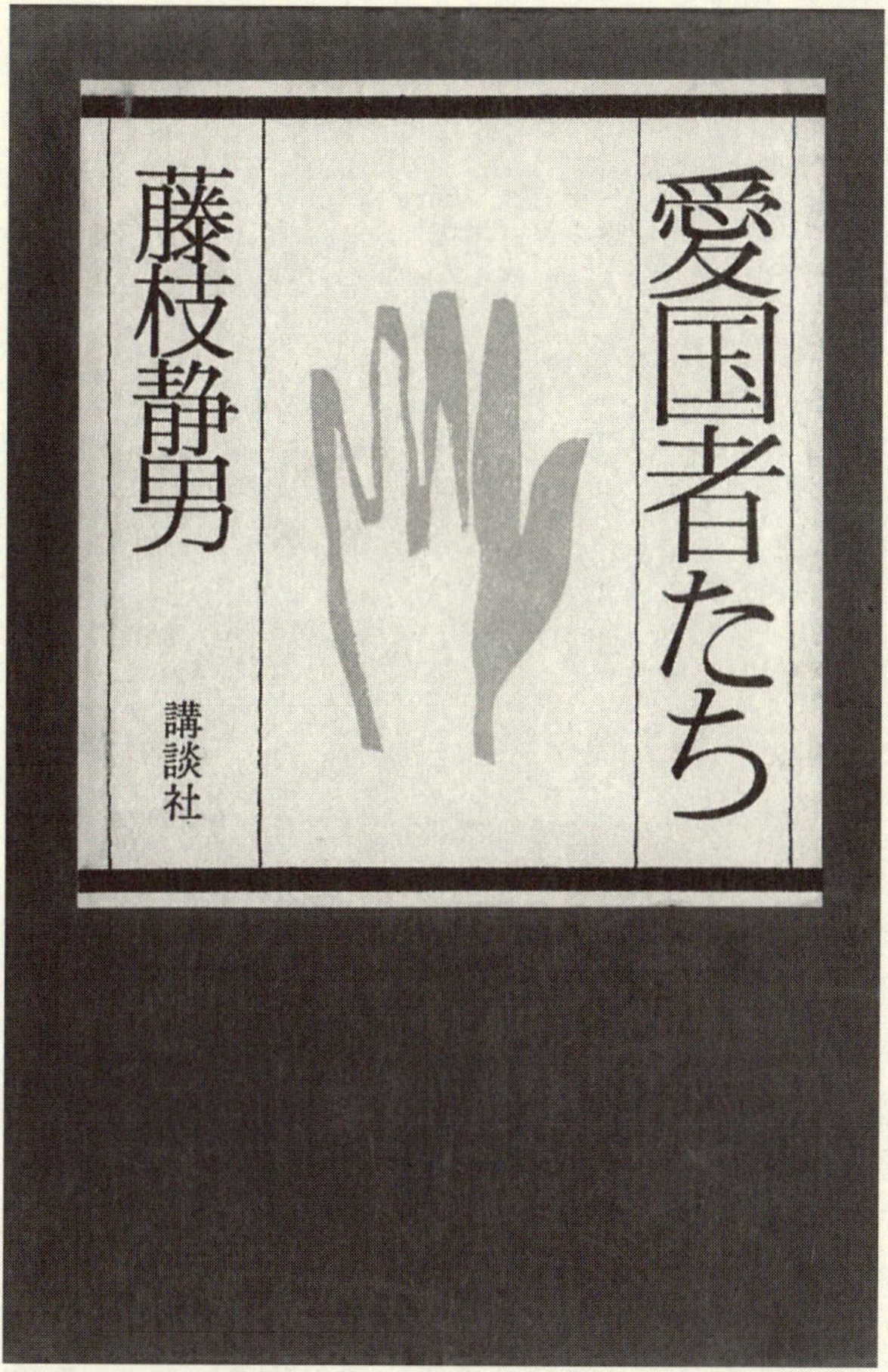

『愛国者たち』函（昭48・11）

壇の地位を獲得しようとする前衛小説家のそれになぞらえるなら、ここで「大村」の感想を借りて素描されているのは、「表街道とは全く裏腹な陰気っぽさ」に満ちた私小説の自覚であり、「無神経な楕円」ともいうべき「私」性を異様な「歪んだものに変える」藤枝の独自な小説への試みの自覚なのである。

こうしてみると、本書で私たちは、『空気頭』や『田紳有楽』で最高度に発揮された藤枝静男という稀有な異才の創作論を間接的に読み辿れることになる。彼には珍しいそのような抽象的な議論が本書のあちこちで見られるのは、「愛国者たち」が軸となって歴史の変動の渦中にある人間という主題が浮上したからであり、本来の私小説的な方法論に収まりきらない歴史と個人の関係性が、いやおうなしに抽象的な思惟へ作家を誘ったからだと見ることができる。

「山川草木」の冒頭に、「私」の故郷の川の上流への関心を述べたあとで、次のようなちょっと異様な言葉が記されている。

《何故こんな愚にもつかぬことを書いて小説の名を冠するかというと、斎田捨川という愚な批評家を不愉快にするためである。》

この批評家とは米国人の日本文学翻訳家サイデンステッカーのことであろうと、『藤枝静男著作集第一巻』の月報1で阿部昭は指摘している。

谷崎潤一郎や川端康成、三島由紀夫を高く評価し海外に紹介したサイデンステッカーは、志賀直哉に関しては、ひどく否定的な評価をしていた。それに対して、藤枝は六八年の随筆「私小説家の不平」で、直接名を挙げないまでも次のように反論している。

《小説の形式などどうだっていいではないか。あるアメリカ人が「志賀直哉の小説は、小説でなくて随筆だ」と言ったそうであるが、自分の国の規格を相手かまわず押しつけるのは、お国がらとは言え、ずいぶん傲慢な話で、私は「それが創作であるか随筆であるかの別は、それを書くときの精神の緊張とそれを書く態度できまる」という意味の志賀氏の言葉の方がはるかに芸術家らしくて調子が高いと思っている。（中略）

だから私はこれからも私小説ばかり書くつもりでいる。今度の私の「空気頭」だって「私の私小説」である。ああいう抽象画を持ちこんだような変なやり方について「私小説からの脱出」だと言ってくれた人があったが、私は脱出しなければならぬほど私小説を悪いものだなどとは毛頭考えていないのである。》

この二つの記述を並べて置いて見ると、私小説など随筆と同じとしか見えない「斎田捨川」に向けては、「空気頭」はさながら「不愉快」な「抽象画を持ちこんだようなやり方」であり、「老友」における二人の芸術観でいえば、半井の画のように書かれていたことになる。もう一方で作者としては、私小説という「楕円」を「歪んだものに変えるやり方」が試みられた大村流の実践でもあることになる。

私小説を頭ごなしに否定する単純偏狭な文学観への反発が、「老友」の芸術談議の背後に隠れていることは間違いあるまい。してみれば「老友」の大村と半井という二人の人物の芸術観の対立も、作者の内部の並存する部分をそれぞれ託した分身による自己内対話の試みであると見ることができる。すなわち密かにアヴァンギャルドであろうとする意欲と、「表街道とは全く裏腹な」私小説をどこまでも探求しようとする自負とが、藤枝文学の内部でせめぎあいながら運動しつづけている姿がここに浮かび上がるのである。

一九七〇年以後という戦後日本の曲がり角で、本書は藤枝静男の文学的な自己模索の営みを潜めている。私小説の伝統から生じた突然変異のようにも思える藤枝静男の文学が、一貫して闇汁のような自身の心を凝視しつづけるとともに、じつは緊迫をはらんだメタフィジカルな模索に支えられていたことを私たちは本書で知るのだ。

年譜

藤枝静男

一九〇八年（明治四一年）

一月一日（実際は前年一二月二〇日）、静岡県志太郡藤枝町（現・藤枝市）市部《いちべ》で薬局を営む勝見鎮吉・ぬいの次男として生まれる。本名は勝見次郎。一〇歳年長の姉・はる、八歳年長の姉・なつ、五歳年長の兄・秋雄、三歳年長の姉・ふゆがいた。

一九一〇年（明治四三年）　二歳

二月、妹・けい誕生（一〇月、結核性脳膜炎で死去）。

一九一一年（明治四四年）　三歳

一〇月、妹・きく誕生。

一九一三年（大正二年）　五歳

七月、なつが肺結核で死去（行年一二歳）。一一月、弟・三郎誕生。

一九一四年（大正三年）　六歳

四月、藤枝町立尋常高等小学校入学。三郎が結核性脳膜炎で死去（行年一歳）。

一九一五年（大正四年）　七歳

四月、はるが結核性腹膜炎で死去（行年一七歳）。七月、弟・宣《のぶ》誕生。

一九二〇年（大正九年）　一二歳

三月、藤枝町立尋常高等小学校卒業。四月、東京府北豊島郡巣鴨村池袋の成蹊実務学校（五年制乙種）に入学。「一級三〇名、全寮制自炊の禅僧生活的スパルタ教育を受けた。肯定と否定の交錯に悩んだ」（藤枝静男自筆年譜）。在学中に同窓会雑誌「成蹊だより」に小品や短歌を発表し、編集部員も務めた。
一九二三年（大正一二年）一五歳
九月、前年発表の実務学校廃止方針を受け、上級学校受験資格を得るために成蹊中学校に移籍。小説の耽読や映画館通いでしばしば停学に。
一九二四年（大正一三年）一六歳
三月、四年修了で成蹊中学退学。第八高等学校を受験するが失敗し、藤枝に帰る。「文学書を乱読し、当時愛知医科大学生であった兄秋雄の影響で、一時ドイツ表現派の戯曲やダダイズム運動に興味を持ったが、次第に武者小路実篤から入って白樺派の文学に惹かれて行った。」（自筆年譜）
一九二五年（大正一四年）一七歳
三月、第一高等学校に願書を出すが試験場で引き返し、未受験。兄と名古屋に下宿し予備校に通う。ロシアや北欧の作家の小説を読むが、志賀直哉への関心に絞られる。
一九二六年（大正一五年・昭和元年）一八歳
四月、八高理科乙類に入学。同級に北川静男、南寮の同室に文科乙類の平野謙、別室に平野の同級生・本多秋五がおり、生涯交際する。七月、秋雄が喀血・発病。
一九二七年（昭和二年）一九歳
一月、南寮を退寮し下宿へ。三月、落第。
一九二八年（昭和三年）二〇歳
八月、奈良に志賀直哉を訪問し、その縁で小林秀雄・瀧井孝作に紹介される。一一月、平野・本多と共に志賀を再訪。
一九三〇年（昭和五年）二二歳
二月、北川静男死去。三月、八高卒業。千葉医科大学の受験に失敗し、名古屋で浪人生活を送る。北川静男の遺稿集『光美真』を編集（一二月刊行）。四月、本多に一年遅れて平野が東京帝国大学文学部に入学。七月、奈良に滞在し、一日おきに志賀を訪問する。一二月、帰省途中の平野が下宿に一泊し、上京し同宿で勉強することを勧める。

一九三一年（昭和六年）二三歳

二月、平野から父に宛てた手紙で上京が許可され本郷の下宿・双葉館の平野の部屋に同居。本多とも旧交を温めるが、左翼運動に参加する彼らとの間に距離を感じる。三月、千葉医大を再受験するが不合格。四月、きくが肺結核で療養生活に。この年本郷・高円寺・深川と転居し、「経済往来」の六号記事や共同印刷の校正などで生活費を稼ぐ。

一九三二年（昭和七年）二四歳

四月、千葉医大に入学、千葉海岸に住む。

一九三三年（昭和八年）二五歳

三月、「思ひ出」（文芸部雑誌「大学文化」）。六月、「大学文化」の編集を担当し表紙を描く。同月、学内の左翼活動への一度のカンパが発覚し検挙。千葉警察署に二ヵ月弱勾留され起訴猶予になるが、大学は無期停学処分に。この年結核が発病するが治癒。

一九三五年（昭和一〇年）二七歳

二月、「兄の病気」（「大学文化」）。三月、東京医学専門学校在学中の宣が結核を発病するが治癒。五月、父が脳溢血で右半身不随になり寝たきりになる。

一九三六年（昭和一一年）二八歳

七月、四ヵ月遅れで千葉医大卒業。思想的前歴のため正式入局は許可されなかったが、教授の厚意で医局で眼科を学ぶ。医局から派遣され八王子市の倉田眼科の留守を預かり、同市在住の瀧井孝作をしばしば訪問する。

一九三七年（昭和一二年）二九歳

医局の命で新潟県長岡市の伊知地眼科へ。

一九三八年（昭和一三年）三〇歳

四月、静岡県浜名郡積志村の開業眼科医菅原龍次郎の三女・智世子《ちせこ》と結婚。医局の命で千葉県保田の原眼科へ。九月、秋雄が結核で死去（行年三五歳）。一〇月、医局に正式入局し、眼科教室副手となる。

一九三九年（昭和一四年）　三一歳

九月、長女・章子誕生。

一九四一年（昭和一六年）　三三歳

一一月、次女・本子誕生。以前からの約束で、妻の実家を継がせるため菅原家の養女に。

一九四二年（昭和一七年）　三四歳

三月、父が脳溢血の再発で死去（行年七〇歳）。六月、医学博士取得。九月、平塚市第二海軍火薬廠海軍共済組合病院眼科部長に。

一九四三年（昭和一八年）　三五歳

妻が肺結核となり、夏から秋にかけ勤務先の海軍病院に入院し、人工気胸術を受ける。

一九四五年（昭和二〇年）　三七歳

この年、陸軍の召集を回避するため予備海軍軍医少尉に就任。八月、終戦。一二月、占領軍に病院と住宅が接収され、妻の実家で眼科を手伝う。本多秋五から「近代文学」発刊の案内状を受け取り「小躍りして喜び、また昂奮した」（自筆年譜）。平野謙との連絡もつく。

一九四六年（昭和二一年）　三八歳

四月、本多・平野が来訪し数年ぶりの再会。小説執筆を勧められる。妻が再度の喀血、秋から天竜川沿いの結核療養所に入院。

一九四七年（昭和二二年）　三九歳

九月、処女作「路」（「近代文学」）。予め依頼しておいた筆名は、本多の発案で出生地「藤枝」と八高時代の友人北川「静男」に由来。

一九四八年（昭和二三年）　四〇歳

六月、「二つの短篇」（「三田文学」）。

一九四九年（昭和二四年）　四一歳

三月、「イペリット眼」（「近代文学」）。「群像」（七月号）で合評され、本年度上半期芥川賞候補作に。一二月、「家族歴」（「近代文学」）。

一九五〇年（昭和二五年）　四二歳

四月、浜名郡積志村の妻の実家を出て、浜松市東田町に眼科医院を開業。八月、「龍の昇天と河童の墜落」(「近代文学」)。
一九五一年(昭和二六年) 四三歳
七月、瀧井孝作来訪。一一月、瀧井孝作を訪問し、原勝四郎の絵画を知る。
一九五二年(昭和二七年) 四四歳
三月、「空気頭(初稿)」(「近代文学」)。一一月、神奈川県足柄下郡下曾我村の尾崎一雄を訪問。
一九五三年(昭和二八年) 四五歳
一月、「文平と卓と僕」(「近代文学」)。
一九五四年(昭和二九年) 四六歳
二月、仲間と「原勝四郎小品展」開催(浜松市立図書館)。
一九五五年(昭和三〇年) 四七歳
一一月、「痩我慢の説」(「近代文学」)。本年度下半期芥川賞候補作に。
一九五六年(昭和三一年) 四八歳
六月、志賀直哉・里見弴・小津安二郎が浜松に来訪。一二月、「犬の血」(「近代文学」)発表、本年度下半期芥川賞候補作に(受賞作はなく、翌年三月「文芸春秋」に「候補作」として再録される)。この年から七一年まで「浜松市民文芸」の創作部門選者に。
一九五七年(昭和三二年) 四九歳
六月、『犬の血』刊行、「近代文学」同人が荒正人宅で出版記念会。七月、「雄飛号来たる」(「文芸春秋」)、「掌中果」(「群像」)。一〇月、「異物」(「心」)。一二月、「浜松百撰」創刊、「静男巷談」を六四年一二月まで連載。
一九五八年(昭和三三年) 五〇歳
三月、「阿井さん」(「新日本文学」)。同月、小川国夫が丹羽正と共に初来訪。八月、「明かるい場所」(「群像」)。
一九五九年(昭和三四年) 五一歳
三月、「うじ虫」(「文学界」)。
一九六〇年(昭和三五年) 五二歳

近代文学社に匿名で年間五万円を提供し、それを基金に「近代文学賞」制定。六月、吉本隆明が「アクシスの問題」・「転向ファシストの詭弁」で第一回受賞者に。以後立原正秋・辻邦生・中田耕治などが受賞。「近代文学」終刊により六四年に第五回で終了した。

一九六一年（昭和三六年）　五三歳

二月、「凶徒津田三蔵」（「群像」）。五月、『凶徒津田三蔵』刊。八月、「泥棒女中」（「群像」）。一二月、妻が千葉大学附属病院に入院。

一九六二年（昭和三七年）　五四歳

二月、妻が左胸郭整形手術を受け肋骨五本を切除。四月、「春の水」（「群像」）。同月、妻退院。八月、藤枝の土地の裏庭に母と妹のための家を新築。一二月、「ヤゴの分際」（「群像」）。

一九六三年（昭和三八年）　五五歳

二月、妻が三方原の聖隷保養園に入院、左肺葉を切除（七月退院）。四月、「『ゲルニカ』を見て感あり」（「近代文学」）。九月、『ヤゴの分際』刊。一〇月、平野・本多と長野県馬籠へ、三五年ぶりとなる旅行。翌年一一月の四国・九州、六七年一〇月の北海道、七一年九月の出雲・松江（志賀直哉旧居）などが続く。

一九六四年（昭和三九年）　五六歳

二月、長女・章子結婚。四月、「鷹のいる村」（「群像」）。八月、「近代文学」終刊。一一月、「わが先生のひとり」（「群像」）。

一九六五年（昭和四〇年）　五七歳

二月、「落第免状」（「文芸春秋」）。四月、「壜の中の水」（「展望」）。六月、「魁生老人」（「群像」）。七月、『壜の中の水』刊。一〇月、次女・本子結婚。

一九六六年（昭和四一年）　五八歳

二月、「硝酸銀」（「群像」）。七月、「近代文学」旧同人を浜名湖畔へ招待、恒例となる

「浜名湖会」の始まり。九月、「一家団欒」（「群像」）。

一九六七年（昭和四二年）　五九歳

四月、「冬の虹」（「群像」）。同月、妻が聖隷保養園入院。気管支の硝酸銀腐食療法を受ける。八月、「空気頭」（「群像」）。一〇月、『空気頭』刊。平野・本多の提唱で出版記念会「藤枝静男君を囲む会」開催。一二月、静岡県文化奨励賞受賞。

一九六八年（昭和四三年）　六〇歳

四月、妻退院。同月、「欣求浄土」（「群像」）、『空気頭』で六七年度芸術選奨文部大臣賞受賞。五月、「木と虫と山」（「展望」）。七月、「天女御座」（「季刊芸術」）。八月、「沼と洞穴」（「文芸」）。一〇月、『落第免状』刊。

一九六九年（昭和四四年）　六一歳

二月、「厭離穢土」（「新潮」）。四月、「或る年の冬」（「群像」）。八月、長女一家が同居。

一九七〇年（昭和四五年）　六二歳

二月、「西国三ヵ所」（「静岡新聞」）。三月、「或る年の夏」（「群像」）。五月、「土中の庭」（「展望」）。八月、『欣求浄土』刊。九月、ソ連作家同盟の招待で城山三郎・江藤淳とソ連を訪問、翌月ヨーロッパ経由で帰国。これを契機に診療を長女夫婦に譲る（一二月三一日付で保健所に廃業届提出）。一一月、「接吻」（「文芸」）。一二月、頸部椎間板症で治療。

一九七一年（昭和四六年）　六三歳

三月、「キエフの海」（「文学界」）。七月〜九月、「青春愚談」（「東京新聞」）。八月、「怠惰な男」（「群像」）。一〇月、「老友」（「群像」）、『或る年の冬　或る年の夏』刊。同月、志賀直哉死去。一一月、「昔の道」（「潮」）。

一九七二年（昭和四七年）　六四歳

二月、弟・宣死去（行年五六歳）。七月、胆嚢切除手術。八月、「愛国者たち」（「群像」）。九月、「武井衛生二等兵の証言」（「文芸」）、

『寓目愚談』刊。一一月、「山川草木」（「群像」）。一二月、母・ぬい死去（行年九二歳）。
一九七三年（昭和四八年）　六五歳
一月、「風景小説」（「文芸」）、「群像」の「創作合評」担当（三月まで）。六月、「私々小説」（「すばる」）。一〇月、「盆切り」（「文芸」）、「疎遠の友」（「季刊芸術」）。一一月、『愛国者たち』刊（平林たい子文学賞）。
一九七四年（昭和四九年）　六六歳
一月、「田紳有楽」（「群像」）。二月、『藤枝静男作品集』刊。四月、「異床同夢」（「文芸」）。七月、「田紳有楽前書き」（「群像」）、「聖ヨハネ教会堂」（「海」）。同月から八月まで友人と北欧旅行。一〇月、妻が乳癌の手術。一二月、インド・ネパール旅行に出発。
一九七五年（昭和五〇年）　六七歳
一月、帰国。同月、「一枚の油絵」（「文芸」）、「プラハの案内人」（「新潮」）、「偽仏真仏」（「芸術新潮」）。四月、「しもやけ・あかぎれ・ひび・飛行機」（「季刊芸術」）。四月、「田紳有楽前書き（二）」（「群像」）。六月、「東京新聞」夕刊で文芸時評を担当（一一月まで）。七月、「志賀直哉・天皇・中野重治」（「文芸」）、『小感軽談』刊。八月、『異床同夢』刊。一二月、座談会「文学この一年を顧みる」（「東京新聞」）で司会を務める。
一九七六年（昭和五一年）　六八歳
二月、「田紳有楽終節」（「群像」）。五月、「滝とビンズル」（「文芸」）、『田紳有楽』刊（谷崎潤一郎賞）。七月、『藤枝静男著作集』刊行開始（翌年五月完結）。八月、「在らざるにあらず」（「群像」）。一〇月、「出てこい」（「群像」）。同月の谷崎賞授賞式に、三月・八月に乳癌手術を受けた妻と出席する。
一九七七年（昭和五二年）　六九歳
一月から「骨董夜話」連載（「太陽」）。二月、妻・智世子が乳癌と癌性腹膜炎で死去（行年六〇歳）。告別式はせず雛壇に遺影と遺骨を置いた。三月、「妻の遺骨」(「毎日新聞」)。八月、韓国の慶州へ旅行。一〇月、「悲しいだけ」(「群像」)、同月、韓国国際文化協会の招待でソウル・慶州・雪岳山へ旅行。一一月、「庭の生きものたち」(「群像」)。

一九七八年(昭和五三年)七〇歳
三月、平野謙と対談「私小説と作家の自我」(「文体」)。四月、平野がくも膜下出血で死去。同月、「雉鳩帰る」(「群像」)。五月、「着実な文学活動」が評価され中日文化賞受賞。六月、「半僧坊」(「文体」)、本多秋五と対談「平野謙の青春」(「海」)、座談会「平野謙・人と文学」(「群像」)。六月〜七月、「泡のように」(「読売新聞」)。七月、「学術文化振興と市民の文芸活動の向上に尽力された」として浜松市市勢功労賞受賞。八月、「女性手帳」(NHK)に出演。一一月、『茫界偏視』刊。

一九七九年(昭和五四年)七一歳
二月、「みな生きもの　みな死にもの」(「群像」)、『悲しいだけ』刊(野間文芸賞)。四月、「群像」創作合評を担当(六月まで)。同月、中国東北部へ旅行。五月、平野謙を偲ぶ会。六月、荒正人死去。八月、「やきものとの出会い」(『やきものの里』)。一一月、「日曜美術館　私と原勝四郎」(NHK教育)に出演。

一九八〇年(昭和五五年)七二歳
一月、「ゼンマイ人間」(「群像」)、平岡篤頼と対談「嘘とまことの美感」(「早稲田文学」)。七月、「日々是ポンコツ」(「海」)。八月、立原正秋死去、葬儀委員長に。一〇月、同居の義母死去。一一月、「やっぱり駄目」(「群像」)。一二月、対談集『作家の姿勢』刊。八二年まで群像新人文学賞選考委員に。

一九八一年(昭和五六年)七三歳
三月、「二八二」(「群像」)。四月、「わが巨木崇敬癖」(「潮」)。五月、「文学界」対談時評

を中野孝次と担当（七月まで）。六月、『路』刊。一〇月、『石心桃夭』刊。一二月、「みんな泡」（「群像」）。

一九八二年（昭和五七年）　七四歳

一月、「黒い石」（「海燕」）、「人間抜き」（「海」）。同月、文学者二八七名の反核アピールに名を連ねる。八月、井上靖・山本健吉・吉田精一と監修した『立原正秋全集』の刊行開始（八四年八月完結）。九月、「虚懐」（「群像」）。

一九八三年（昭和五八年）　七五歳

二月、『虚懐』刊。八月、次女親子とヨーロッパ旅行。

一九八四年（昭和五九年）　七六歳

六月、「武蔵川谷右ェ門・ユーカリ・等々」（「群像」）。八月、大庭みな子夫妻らとバリ島・ボロブドゥール旅行。一一月、瀧井孝作死去。

一九八五年（昭和六〇年）　七七歳

五月、「老いたる私小説家の私倍増小説」・インタビュー「『極北』の私小説　藤枝静男」（「文学界」）。九月、最後の小説「今ここ」（「群像」）。同月、転倒して肋骨四本骨折。

一九八七年（昭和六二年）　七九歳

三月、阿川弘之・紅野敏郎と編集の『志賀直哉小説選』刊行開始（六月完結）。

一九八九年（昭和六四年・平成元年）　八一歳

一月〜五月、「藤枝静男展―文学と人生」開催（浜松文芸館）。本多・大庭・小川が講演。

一九九三年（平成五年）　八五歳

四月一六日午前五時三五分、肺炎で横須賀市の入院先で死去。当日予定されていた「浜名湖会」は藤枝静男を偲ぶ会に（本多秋五・埴谷雄高・小川国夫ら）。二五日、藤枝市の岳叟寺で葬儀。喪主は長女・安達章子。戒名は藤翁静誉居士。本多・埴谷・小川が弔辞。六月二日、納骨。一二月、「郷土の生んだ作家・藤枝静男展」（浜松文芸館。翌年三月まで）、小川・埴谷・本多・大庭による追悼座談会が開催。没後の主な文学展は以下の通り。九四年六月〜七月、「郷土が生んだ作家　藤枝静男・小川国夫文学展」（藤枝市文化センター）。九八年一〇月〜一一月、「藤枝静男と李朝民画展」（浜松文芸館）。〇三年一一月、「藤枝静男没後十年文学展　作家の郷里藤枝と処女作「路」の発表まで」（藤枝市郷土博物館）。〇四年九月〜一〇月、「浜松の作家―その作品と人となり　藤枝静男展」（浜松文芸館）。〇七年九月〜一一月、藤枝市文学館開館記念展「藤枝の文学―藤枝ゆかりの文学者たち」。〇八年六月〜八月「生誕百周年記念　藤枝静男と曽宮一念」（藤枝市文学館）、同年一〇月〜翌年三月、「生誕百周年記念　藤枝静男展―『私』と『宇宙』〜すごい作家が、浜松に存在《い》た。〜」（浜松文芸館）。〇九年六月〜八月、「再発見　藤枝静男文学の魅力―処女作『路』と小説家藤枝静男の誕生―」（藤枝市文学館）。一〇年一二月〜翌年一月、「作家の眼　藤枝静男と美術」（藤枝市文学館）

一九九六年（平成八年）
五月、『今ここ』刊。

二〇〇〇年（平成一二年）
四月一六日、藤枝市蓮華寺池公園に藤枝静男文学碑建立。碑文は「一家団欒」による。

二〇〇一年（平成一三年）
一月、本多秋五が脳溢血で死去。九月、生家跡に「生誕の地」碑建立。

二〇〇二年（平成一四年）
小川国夫の発案で墓前祭を「雄老忌」に。

本年譜作成に際しては、藤枝静男自筆年譜のほか、特に長女・安達章子氏、青木鐵夫氏作成の年譜を参考にした。

（津久井隆・編）

著書目録

藤枝静男

【単行本】

光美真＊（北川静男遺稿集）　昭5・12　私家版
犬の血　昭32・6　文芸春秋新社
凶徒津田三蔵　昭36・5　講談社
ヤゴの分際　昭38・9　講談社
壜の中の水　昭40・7　講談社
空気頭　昭42・10　講談社
落第免状　昭43・10　講談社
欣求浄土　昭45・8　講談社
或る年の冬　或る年の夏　昭46・10　講談社
寓目愚談　昭47・9　講談社
愛国者たち　昭48・11　講談社
小感軽談　昭50・7　筑摩書房
異床同夢　昭50・8　河出書房新社
田紳有楽　昭51・5　講談社
「近代文学」創刊のころ＊　昭52・8　深夜叢書社
茫界偏視　昭53・11　講談社
悲しいだけ　昭54・2　講談社
平野謙を偲ぶ＊　昭54・8　私家版
作家の姿勢（対談集）＊　昭55・12　作品社
成蹊実務学校教育の想い出＊　昭56・2　桃蔭会
路（限定版）　昭56・6　成瀬書房
石心桃夭　昭56・10　講談社

虚懐　昭58・2　講談社
今ここ　平8・5　講談社

【全集】

藤枝静男作品集　昭49・2　筑摩書房
藤枝静男著作集　昭51・7〜52・5
全6巻　講談社
創作代表選集17　昭31・5　講談社
創作代表選集20　昭32・10　講談社
創作代表選集22　昭33・9　講談社
文学選集27　昭37・9　講談社
戦争の文学7　昭40・11　東都書房
文学選集31　昭41・4　講談社
文学選集32　昭42・5　講談社
文学選集33　昭43・5　講談社
全集・現代文学の発
見10　昭43・6　学芸書林
現代文学大系66　昭43・6　筑摩書房
日本短篇文学全集19　昭43・7　筑摩書房
日本の文学80　昭45・10　中央公論社
日本文学全集66　昭45・11　筑摩書房
戦争文学全集5　昭47・1　毎日新聞社
現代日本文学大系48　昭47・12　筑摩書房
文学1973　昭48・6　講談社
現代の文学10　昭49・2　講談社
文学1974　昭49・5　講談社
文学1975　昭50・5　講談社
文学1976　昭51・5　講談社
現代日本紀行文学全
集補巻3　昭51・8　ほるぷ出版
文学1977　昭52・4　講談社
筑摩現代文学大系74　昭53・2　筑摩書房
文学1980　昭55・4　講談社
北海道文学全集19　昭56・7　立風書房
昭和文学全集17　平元・7　小学館
新・ちくま文学の森
6　平7・2　筑摩書房

【文庫】

空気頭・欣求浄土　昭48・2　講談社文庫
（解＝川村二郎　年＝著者）

田紳有楽　昭53・11　講談社文庫
（解＝川村二郎　年＝伊東康雄）

凶徒津田三蔵　昭54・4　講談社文庫
（解＝桶谷秀昭　年＝伊東康雄）

悲しいだけ・欣求浄土　昭63・12　講談社文芸文庫
（解＝川西政明　案＝保昌正夫　著）

田紳有楽・空気頭　平2・6　講談社文芸文庫
（解＝川西政明　案＝勝又浩　著）

或る年の冬　或る年の夏　平5・11　講談社文芸文庫
（解＝川西政明　案＝小笠原克　著）

藤枝静男随筆集　平23・1　講談社文芸文庫
（解＝堀江敏幸　年＝津久井隆）

志賀直哉・天皇・中野重治　平23・11　講談社文芸文庫
（解＝朝吹真理子　年＝津久井隆）

本著書目録中、【単行本】の＊は共著・対談を表わすが、特別なものを除き、原則として、共編著、再刊本は入れなかった。／【文庫】の（ ）内の略号は、解＝解説　年＝年譜　案＝作家案内　著＝著書目録を表わす。／著書目録作成にあたり、高柳克也氏の『藤枝静男書誌』を参照した。

（作成・編集部）

本書は、『愛国者たち』（一九七三年一一月、講談社刊）を底本として多少ふりがなを調整しました。本文中明らかな誤植と思われる箇所は正しましたが、原則として底本に従いました。また、底本にある表現で、今日からみれば不適切と思われるものがありますが、作品の書かれた時代背景、著者が故人であることを考慮し、そのままとしました。よろしくご理解のほどお願いいたします。

愛国者《あいこくしゃ》たち

藤枝静男《ふじえだしずお》

二〇一三年四月一〇日第一刷発行
二〇二二年五月一九日第二刷発行

発行者——鈴木章一
発行所——株式会社　講談社
東京都文京区音羽2・12・21　〒112-8001
電話　編集（03）5395・3513
販売（03）5395・5817
業務（03）5395・3615

デザイン—菊地信義
印刷——株式会社KPSプロダクツ
製本——株式会社国宝社
本文データ制作—講談社デジタル製作

定価はカバーに表示してあります。

講談社
文芸文庫

ISBN978-4-06-290193-2

講談社文芸文庫

青木淳選――建築文学傑作選　青木 淳――解
青山二郎――眼の哲学|利休伝ノート　森 孝一――人／森 孝一――年
阿川弘之――舷燈　岡田 睦――解／進藤純孝――案
阿川弘之――鮎の宿　岡田 睦――年
阿川弘之――論語知らずの論語読み　高島俊男――解／岡田 睦――年
阿川弘之――亡き母や　小山鉄郎――解／岡田 睦――年
秋山 駿――小林秀雄と中原中也　井口時男――解／著者他――年
芥川龍之介-上海游記|江南游記　伊藤桂一――解／藤本寿彦――年
芥川龍之介-文芸的な、余りに文芸的な|饒舌録ほか
谷崎潤一郎 芥川vs.谷崎論争　千葉俊二編　千葉俊二――解
安部公房――砂漠の思想　沼野充義――人／谷 真介――年
安部公房――終りし道の標べに　リービ英雄-解／谷 真介――案
安部ヨリミ-スフィンクスは笑う　三浦雅士――解
有吉佐和子-地唄|三婆 有吉佐和子作品集　宮内淳子――解／宮内淳子――年
有吉佐和子-有田川　半田美永――解／宮内淳子――年
安藤礼二――光の曼陀羅 日本文学論　大江健三郎賞選評-解／著者――年
李良枝――由煕|ナビ・タリョン　渡部直己――解／編集部――年
石川 淳――紫苑物語　立石 伯――解／鈴木貞美――案
石川 淳――黄金伝説|雪のイヴ　立石 伯――解／日高昭二――案
石川 淳――普賢|佳人　立石 伯――解／石和 鷹――案
石川 淳――焼跡のイエス|善財　立石 伯――解／立石 伯――年
石川啄木――雲は天才である　関川夏央――解／佐藤清文――年
石坂洋次郎-乳母車|最後の女 石坂洋次郎傑作短編選　三浦雅士――解／森 英一――年
石原吉郎――石原吉郎詩文集　佐々木幹郎-解／小柳玲子――年
石牟礼道子-妣たちの国 石牟礼道子詩歌文集　伊藤比呂美-解／渡辺京二――年
石牟礼道子-西南役伝説　赤坂憲雄――解／渡辺京二――年
磯﨑憲一郎-鳥獣戯画|我が人生最悪の時　乗代雄介――解／著者――年
伊藤桂一――静かなノモンハン　勝又 浩――解／久米 勲――年
伊藤痴遊――隠れたる事実 明治裏面史　木村 洋――解
稲垣足穂――稲垣足穂詩文集　高橋孝次――解／高橋孝次――年
井上ひさし-京伝店の烟草入れ 井上ひさし江戸小説集　野口武彦――解／渡辺昭夫――年
井上 靖――補陀落渡海記 井上靖短篇名作集　曾根博義――解／曾根博義――年
井上 靖――本覚坊遺文　高橋英夫――解／曾根博義――年
井上 靖――崑崙の玉|漂流 井上靖歴史小説傑作選　島内景二――解／曾根博義――年

▶解=解説　案=作家案内　人=人と作品　年=年譜を示す。　2022年5月現在